Nicole Röndigs

Frrk!

Mission Supermatsch

Nicole Röndigs

FRRK!

MISSION SUPERMATSCH

Zeichnungen
von Zapf

cbj

1. Frühstück mit Frrk

Der Tag, an dem Frrk zurückkehrte, begann mit einem Knall. Das heißt, zuerst dröhnte es bloß, allerdings ziemlich laut. Ich biss gerade von meinem Frühstücksbrötchen ab, als es hoch über mir zu wummern anfing. Ich guckte zur Küchendecke, aber da war nichts.

„Manno, das nervt!“, beschwerte sich meine kleine Schwester Lilly. Sie kann es überhaupt nicht leiden, wenn irgendetwas ihr Prinzessin-Pipifee-Hörspiel übertönt, das jeden Morgen in der Küche laufen muss, während sie ihre Cornflakes futtert. Es sei denn, sie ist es selber, wenn sie mal wieder laut und falsch die Titelmelodie mitsingt.

Das Gedröhne stotterte zwischendurch ein bisschen, wie

ein kaputter Rasenmäher. Das, was es erzeugte, schien sehr schnell näher zu kommen. Mama stellte stirnrunzelnd ihre Kaffeetasse auf den Tisch. „Das klingt ja, als würde ein Flugzeug abstürzen", sagte sie besorgt. Das Geräusch wurde lauter und lauter. Plötzlich ließ meine Freundin Elli, die seit neun Wochen als Dauergast bei uns wohnte, den Löffel in ihre Müslischüssel fallen. „Weißt du was, Tom? Das ist kein Flugzeug!", rief sie aufgeregt. „Das ist ein Raumschiff!"

Und genau da knallte es. Außerdem gab es einen Stoß, dass der Fußboden zitterte und die Teller auf dem Frühstückstisch hochhüpften. Mama, Elli, Lilly und ich guckten uns entgeistert an. Dann sprangen wir auf und rannten raus auf den Hof. Das Erste, was ich draußen entdeckte, war ein Riesenloch im Dach unserer Heuscheune, aus dem dicker, weißer Qualm quoll. Ich stürmte hinter Elli her durchs Scheunentor, und dann sah ich es: Zwischen den in alle Richtungen auseinandergeflogenen Heuballen stand ein eiförmiges, bunt schillerndes UFO.

Elli drehte sich strahlend zu mir um. „Siehst du?", rief sie.

„Verdammte Axt, du hattest recht", stellte ich fest. „Es ist Frrk!"

Andere Elfjährige reagieren wahrscheinlich weniger cool, wenn ihnen ein außerirdisches Raumschiff aufs Dach fällt. Aber Elli und ich sind das sozusagen schon gewohnt: Im Gegensatz zu beinahe allen anderen Menschen auf der Welt haben wir reichlich Erfahrung mit Aliens.

Jetzt stolperte auch Mama mit Lilly an der Hand in die Scheune. Die andere Hand riss sie vor den Mund, als sie das Raumschiff sah. Sie wusste zwar längst, dass Elli und ich einen Freund aus dem Weltraum hatten und war deswegen alles in allem entspannt geblieben. Aber dass ein außerirdisches Flugobjekt in ihre Scheune krachte, während sie in der Küche ihren Frühstückskaffee trank, brachte sie doch etwas aus der Fassung. „Du lieber Himmel!“, keuchte sie ergriffen. „Ist das wirklich das, wonach es aussieht, Tom? Ein Flugobjekt von einem fremden Planeten?“

Das bunte Ei sirrte und wackelte heftig. In der Mitte öffnete sich ein winziger Spalt, aus dem sich kurz darauf drei Tentakel schoben. „Tom? Elli?“, drang eine vertraute Stimme aus dem Inneren.

„Wir sind hier, Frrk!“, rief ich.

Von drinnen kamen Pfeiflaute und unverständliches Geblubber, während die Tentakel hektisch in dem Spalt herumfingerten. Nach einer Weile hörten wir wieder Frrks Stimme. „Infolge der harten Landung wurde bedauerlicherweise der Mechanismus der Schiebetür blockiert. Würdet ihr bitte mal drücken?“

Mir ging durch den Kopf, dass ich Frrks Raumschiff eigentlich noch nie in vollständig heilem, funktionsfähigem Zustand erlebt hatte. Alien-Technik machte offenbar genauso viele Scherereien wie die ollen Trecker von meiner Mutter.

Mit vereinten Kräften stemmten Elli und ich uns gegen die verklemmten Türhälften und schafften es, sie wenigstens ein paar Zentimeter weit aufzuschieben. „Danke, das reicht schon", sagte Frrk, quetschte seinen hochelastischen Körper durch die Lücke und stand endlich vor uns in seiner ganzen giftgrünen Schleimigkeit. Sechs schielende Glupschaugen strahlten uns an, acht triefende Tentakel reckten sich uns sehnsüchtig entgegen.

„Igitt, was ist DAS denn?", quiekte Lilly, die neben Mama im Stroh stand und angewidert die Nase rümpfte. Aber Lilly findet im Grunde alles eklig, was nicht rosa ist, und Frrk hörte es sowieso nicht, weil er damit beschäftigt war, mich und Elli mit sämtlichen Fangarmen ganz tief in seinen Glibber zu pressen. „Meine Freunde!", blubberte er gerührt. „Das Wiedersehen mit euch löst positive biochemische Reaktionen in mir aus, die man in eurer Sprache unter dem Begriff ‚Freude' zusammenfasst."

„Ja, echt schön, dass du wieder da bist, Frrk", ächzte ich,

als er endlich lockerließ und wir luftschnappend wieder auftauchten. „Ich freu mich auch total, dich wiederzusehen, Frrk! Aber sag mal, wo ist denn Papa?“, fragte Elli. Sie wartete natürlich darauf, endlich ihren Vater wiederzukriegen – unseren Mathelehrer Dr. Roland Kaper, der vor rund zwei Monaten mit Frrk nach Tmllp geflogen war. Auch wenn ich mich natürlich für sie freute, dass er wieder da war – als Schüler hätte ich gut noch eine Weile auf ihn verzichten können. Der Frosch war an unserer Schule schwer gefürchtet, weil er die Mathematik zwar über alles liebte, sie aber leider überhaupt nicht erklären konnte. Jedenfalls nicht uns doofen Schülern. Wahrscheinlich konnte er sich einfach nicht vorstellen, wie es sich anfühlte, NICHT völlig verknallt in Terme und Primzahlen zu sein. Sogar in seiner Freizeit hockte er ständig an seinem Schreibtisch und löste hochkomplizierte Matherätsel. Das war sein einziges Hobby.

Kein Wunder, dass Elli auch ein bisschen komisch war. In der Wohnung, in der die zwei zusammenlebten, gab es zwar eine Million Bücher, aber keinen Fernseher. Besuch kriegten sie so gut wie nie, dafür war der Frosch viel zu sehr mit seinen Rätseln beschäftigt. Statt zu kochen, tauten sie sich Pizzas oder Fertiglasagne auf. Und seit der Frosch einmal eine ganze Ladung T-Shirts im Kochwaschgang geschrumpft hatte, wusch Elli ihre Klamotten lieber selber – er selbst trug sowieso immer bloß denselben grünen Pulli, dem er seinen Spitznamen verdankte. So ein richtig guter Kümmer-Papa war er also nicht. Komischerweise hatte Elli ihn trotzdem vermisst, auch wenn sie nie darüber redete, außer im Schlaf. Zweimal hatte ich ganz deutlich gehört, wie sie da unten auf ihrer Gästematratze „Papa" gemurmelt hatte. Schon klar: Wenn man ansonsten ganz alleine war, dann fehlte einem sogar so ein Froschvater.

„Das Übersetzungsprogramm meines Bordcomputers, mit dessen Hilfe ich eure Sprache spreche und verstehe, hat Schwierigkeiten mit dem Begriff ‚Papa'. Ich bitte um eine kurze Erläuterung", blubberte Frrk.

„Mein Erzeuger", erklärte Elli geduldig. „Der, von dem ich die eine Hälfte meines Erbguts habe." Sie kannte sich super mit Bio aus und musste das ständig raushängen lassen.

„Der in dem ausgeleierten grünen Pulli, der dauernd über Mathe quatscht", schob ich hinterher.

Frrks Miene hellte sich auf. „Jetzt verstehe ich. Ihr meint den Frosch! Es geht ihm hervorragend. Allerdings ist er in einen tiefen Schlaf gefallen, als unser Raumschiff in die Erdatmosphäre eingetreten ist. Die starken Vibrationen hatten offenbar eine beruhigende Wirkung auf ihn."

„Klingt eher, als wäre er in Ohnmacht gefallen“, sagte Elli besorgt. „Los, wir müssen ihn da rausholen!“

Mama und Lilly halfen uns, die Schiebetür des Raumschiffs so weit aufzustemmen, dass wir hineinkonnten. In dem kleinen Cockpit mit einer pulsierenden Lichtsäule, einer Schaltkonsole und zwei Pilotensesseln blinkten Dutzende rote und grüne Lämpchen. In einem der Sitze hing – mit schiefer Brille und völlig weggetreten – der Frosch. Kein Wunder, dachte ich. Für jemanden, der sein Leben normalerweise mit Matheformeln verbrachte, war so ein Trip ins Weltall wahrscheinlich noch stressiger als für andere Menschen. Mit vereinten Kräften hievten wir den Frosch aus dem UFO und legten ihn vorsichtig ins Heu. Obwohl er einen Matschplaneten besucht hatte, sah er immer noch genauso aus wie am Tag seines Abflugs: Er trug seine ausgebeulte braune Cordhose und den berühmten grünen Pulli. Nur auf seinen hellgrauen Gesundheitsschuhen entdeckte ich ein paar Schlammspritzer. Elli beugte sich besorgt über ihn und Mama rüttelte sanft an seinem Arm. „Herr Dr. Kaper! Wachen Sie auf!“

Der Frosch stöhnte leise. Dann öffnete er ganz langsam erst das linke, dann das rechte Auge, rückte seine Brille gerade und richtete sich ein Stückchen auf. „Frrk? Du hast den Eintrittswinkel in die Erdatmosphäre falsch berechnet … Du musst ein Viertelgrad abziehen, sonst …" Er hustete heiser und sank erschöpft zurück ins Heu. „Alles in Ordnung, Papa. Er hat zwar eine Bruchlandung hingelegt, aber du bist jetzt wieder auf der Erde", beruhigte ihn Elli und tätschelte seine Schulter. „Also, genau genommen sind Sie in meiner Scheune", ergänzte Mama und streckte ihm zur Begrüßung die Hand hin. „Guten Morgen, Herr Kaper! Wir kennen uns ja noch vom letzten Elternabend. Machen Sie sich keine Gedanken wegen dem Loch im Dach, das zahlt bestimmt Ihre Versicherung. Möchten Sie einen Kaffee?"

Als wir mit Frrk und dem Frosch im Schlepptau wieder zum Haus gingen, hörten wir schon vom Weitem das Telefon klingeln. „Ich geh ran", rief Elli und rannte vor.

Sie hatte sich angewöhnt, alle unsere Telefonanrufe entgegenzunehmen, weil meine Mutter meistens im Kuhstall war und ich es komischerweise immer erst eine Sekunde NACH dem letzten Klingeln schaffte. Als ich die Haustür öffnete, hörte ich sie beruhigend in den Hörer schreien. Das konnte nur bedeuten, dass sie mit dem alten Wittler telefonierte. Dem Wittler gehört der nächste Hof in der Umgebung. Er ist uralt und fast taub. „Nein, Herr Wittler, es ist wirklich nicht nötig, dass Sie vorbeikommen!!", brüllte Elli „Es war nur eine klitzekleine Explosion, sehr laut, aber völlig harmlos … Der

Trecker war halt schon uralt, da kann es mal vorkommen, dass der Motor abraucht … Nein, wir sind wirklich alle unverletzt. Ja, auch die Kühe. Aber es ist echt lieb von Ihnen, dass Sie sich solche Sorgen um uns machen!!"

Dann legte sie auf und kam in die Küche, wo Mama und ich damit beschäftigt waren, den Frosch mit Kaffee und Marmeladenbrötchen aufzupäppeln. Er griff dankbar zu und versicherte uns, dieses Frühstück sei das Beste, was er seit Wochen gegessen habe. Kein Wunder, auf Tmllp hatten sie ihm vermutlich immer bloß „lebende Proteine in mundgerechten Portionen" serviert. Das ist das Lieblingsessen der Tmllper, und es schmeckt vermutlich noch viel schlimmer, als es klingt. Ich weiß zwar nicht, wie die Snacks aussehen, die sie sich auf Tmllp reinziehen, aber als Frrk das letzte Mal auf der Erde zu Gast war, hatte er mit Vorliebe Insekten und Würmer verspeist. Schon deswegen war der Frosch also bestimmt froh, wieder zu Hause zu sein.

„Puh, das war knapp!", ächzte Elli und schnappte sich ein Brötchen. „Ich konnte den Wittler gerade noch davon abhalten, herzukommen und den ‚explodierten Trecker' abzuschleppen."

„Ähm, sag mal Frrk, ich dachte, ihr wolltet eure Ankunft geheim halten?", wandte ich mich an meinen außerirdischen

Freund, der mit einem Fangarm lässig eine Fliege aus der Luft fing und sie genüsslich in der mundähnlichen Öffnung unter seinen sechs Augen verschwinden ließ. „Keine Sorge", blubberte er. „Ich habe ein Tarnprogramm eingeschaltet, das es unmöglich macht, mein Raumschiff zu orten und seine Flugbahn zu verfolgen. Auf den Radargeräten der irdischen Wissenschaftler war von unserer Ankunft auf der Erde nichts zu sehen."

„Nur leider war sie in ganz Kuhstedt zu HÖREN", sagte Elli. „Wenn sogar der Wittler es mitgekriegt hat, dann garantiert auch alle anderen im Dorf!" Wieder klingelte das Telefon, und Elli flitzte los. Aus den Gesprächsfetzen folgerte ich, dass sie diesmal die Kuhstedter Feuerwehr abwimmelte.

Tatsächlich hatten Elli und ich bis zu diesem Morgen wild gerätselt, wo Frrk und der Frosch wohl runterkommen würden. „Ankunft geschätzt übermorgen irdischer Zeitrechnung ... Landung unbedingt geheim halten ... MFG Frrk und Frosch" – so hatte die Nachricht gelautet, die wir vor zwei Tagen erhalten hatten. Genauer gesagt war die Botschaft aus dem All von Weltraumforschern empfangen worden und die Astrobiologin Katharina Schlüter hatte sie netterweise an uns weitergegeben. Bei Frrks letztem Besuch auf der Erde hatte die Wissenschaftlerin noch alles darangesetzt, ihn zu fangen. Inzwischen hatten Elli und ich ihr aber alles Mögliche über unseren Alienfreund erzählt, sodass ihre Neugier schon ein bisschen gestillt war. Ich war mir allerdings nicht sicher, ob wir ihr wirklich restlos trauen konnten und ob sie nicht doch wieder versuchen würde, Frrk zu fangen und für ihre Forschung in kleine Teile zu zerschnippeln. War das vielleicht der Grund, warum Frrk seine zweite Landung auf der Erde lieber geheim halten wollte? Eins war jedenfalls klar: Elli, Frrk und ich mussten uns dringend mal unter zehn Augen unterhalten.

Lilly, die bisher still ihren Kakao getrunken und Frrk angestarrt hatte, sagte plötzlich: „Kannst du bitte machen, dass du wieder Friederike bist? Weil, die hat zwar auch komisch ausgesehen, aber die hat nicht so getropft.“ Sie zeigte auf die grüne Schleimpfütze, die sich unter Frrks Stuhl sammelte. Bei seinem letzten Besuch auf der Erde hatte sich Frrk nämlich – zu meinem Entsetzen – als Mädchen getarnt. Damals hatten er und Lilly sich bestens verstanden. Aber in seinem echten Körper war er meiner Schwester offenbar weniger sympathisch. „Sei nicht so unhöflich, Lilly“, tadelte Mama und schob dem Frosch zum dritten Mal den Brötchenkorb rüber.

„Ja, ich könnte mich wieder in Friederike verwandeln“, antwortete Frrk seelenruhig. „Aber das wäre nicht klug, denn unser Verfolger hat sicher in eurem Internet gesehen, dass ich bei meinem letzten Besuch auf der Erde den Friederike-Körper benutzt habe. Deshalb werde ich diesmal eine neue Tarnung wählen.“

Ich horchte auf. „Was für ein Verfolger? Wieso Tarnung?“, fragte ich. Plötzlich fiel mir siedend heiß ein, was noch in der Botschaft gestanden hatte, die Katharina Schlüter uns gezeigt hatte: *„Achtung, werden verfolgt von intergalaktisch gesuchtem Verbrecher“*. „Komm mit in mein Zimmer, Frrk“, sagte ich. „Wir müssen reden.“

2. Das braune Wunder

Während der Frosch sich nach dem anstrengenden Flug erst mal auf unserem Wohnzimmersofa ausruhte, zogen Elli und ich uns mit Frrk in mein Zimmer zurück. Wir wollten unbedingt von ihm wissen, wer dieser intergalaktische Verbrecher aus ihrer Nachricht war.

„Zmrrx", machte Frrk, als ich ihn danach fragte. Ein bisschen klang es, als würde er Rotz hochziehen, aber das konnte nicht sein. Schließlich hatte er keine Nase.

„Äh, wie bitte?", fragte ich. „Zmrrx", wiederholte er und ließ sich auf Ellis Gästematratze nieder. Bei seinem Erden-Besuch vor zwei Monaten hatte er selbst darauf übernachtet – allerdings im weniger schleimigen Körper von Friederike.

„Zmrrx ist der Name des Tmllpers, der uns verfolgt", erklärte Frrk. „Seinetwegen habe ich im Raumschiff das Tarnprogramm aktiviert. Er darf uns keinesfalls auf die Spur kommen, sonst droht eine interplanetarische Katastrophe. Aber bevor ich von Zmrrx erzähle, möchte ich euch das Geschenk zeigen, das der Frosch und ich von Tmllp mitgebracht haben", sagte Frrk.

Eigentlich hätte ich lieber mehr über die drohende interplanetarische Katastrophe gehört als Päckchen auszuwickeln. Aber Frrk machte eine Bewegung, als würde er in eine Hosentasche greifen und zog ein zauberwürfelgroßes Kästchen aus den Tiefen seines Glibbers. Es schien aus Metall zu sein und schillerte in denselben Regenbogenfarben wie Frrks Raumschiff. Auffordernd hielt Frrk das Kästchen Elli hin. „Dies ist ein Geschenk der Tmllper an die gesamte Menschheit", sprach er feierlich. „Möchtest du diejenige sein, die es öffnet?"

„Ein Geschenk an die Menschheit? Wow! Na klar will ich das aufmachen", antwortete Elli. Sie nahm das schillernde Kästchen, hob vorsichtig den Deckel und guckte hinein. „Oh", sagte sie dann. Es klang nicht gerade überwältigt. Neugierig guckte ich ihr über die Schulter. Das Kästchen war von innen genauso bunt wie von außen. In seiner Mitte befand sich eine durchsichtige Kugel, etwa so groß wie eine dicke Murmel. In dieser Kugel war etwas Braunes drin. Es glänzte feucht und erinnerte mich an die Fladen, die unsere Kühe auf die Weide platschen ließen.

„Oh", sagte ich jetzt auch. Ratlos guckte ich in Frrks begeistert schielende Augen. „Es ist ... hübsch", schob ich zögernd hinterher. „Lass mich raten", sagte Elli langsam. „Das ist Matsch, oder? Matsch von Tmllp." Frrk nickte stolz. „Ja, ganz besonderer Matsch von meinem Heimatplaneten. Eine erstaunlichere Substanz gibt es im ganzen Weltall nicht." Bei jedem anderen hätte ich geglaubt, dass er uns auf den Arm nehmen will, aber Frrk war zu so etwas gar nicht fähig. Wie alle Tmllper konnte er sich kein bisschen verstellen und meinte grundsätzlich alles genau so, wie er es sagte. Wahrscheinlich fand er diesen komischen braunen Klecks ungefähr so herrlich wie wir Gold oder Diamanten. „Toll, danke", murmelte ich höflich. Frrk machte eine großzügige Geste mit seinen Tentakeln. „Keine Ursache – obwohl es wirklich ein ausgesprochen kostbares Geschenk ist. Dieser Matsch ist die Lösung für eines eurer größten Probleme. Bei meinem letzten Besuch auf der Erde habe ich festgestellt, dass ihr Menschen eure Energie aus fossilen Brennstoffen wie Kohle und Erdöl gewinnt. Ich möchte euch nicht kränken, aber ich muss leider sagen: Das ist unintelligent. Wenn ihr so weitermacht, wird euch bald ganz schön heiß werden und …"

„Klar, wissen wir alles, nennt sich Treibhauseffekt", unterbrach ich ihn ungeduldig. „Aber wie soll uns dein Matsch da weiterhelfen?"

Frrk rappelte sich von der Matratze hoch und schleimte im Zimmer auf und ab. „Das ist nicht irgendein Matsch, Tom", erklärte er. „Diese Substanz stammt von den Hängen des Snrpf. Das ist ein aktiver Vulkan am Südpol des Planeten Tmllp. Recht hübsche Gegend, der Frosch und ich haben da neulich eine Wanderung gemacht. Der Bereich mit dem speziellen Matschvorkommen ist natürlich abgesperrt und streng gesichert …"

„Du kommst vom Thema ab", unterbrach ihn Elli. „Was ist denn jetzt das Tolle an dem Matsch?"

„Ganz einfach: Zu Sand zermahlen, entwickeln die vulkanischen Mineralien des Snrpf in halbwässrigem Milieu ein infinites energetisches Potenzial."

„Hä?", fragte ich und guckte hilfesuchend zu Elli rüber. Das war doch mal eine Situation, in der es nützlich war, eine superschlaue Lehrertochter als Freundin zu haben.

„Ich glaube, Frrk will uns sagen, dass sich aus diesem Snrpf-Matsch unbegrenzte Mengen Energie erzeugen lassen“, erklärte Elli. Frrk nickte. „So ist es. Nur dank dieses Matsches konnten wir Tmllper eine so hoch entwickelte Zivilisation hervorbringen. Ich habe dem Hohen Rat von Tmllp von meinen Erlebnissen auf der Erde erzählt, und auch von meinen Freunden hier. Zu eurem ungeheuren Glück konnte ich sie überzeugen, der Menschheit diesen Matschtropfen hier zu stiften.“ Er deutete auf das Kästchen. „Ich glaube, bei euch auf der Erde nennt man das Entwicklungshilfe.“

Ungläubig starrte ich auf den kackbraunen Klecks in dem Kästchen. Ich muss zugeben, jetzt war ich doch ein bisschen beeindruckt. Das Zeug war offenbar sehr viel wertvoller, als es aussah. „Das ist ja super, Frrk“, sagte ich. „Dann können wir unsere ganzen Atom- und Kohlekraftwerke ja komplett verschrotten. Echt nett von euch Tmllpern, danke!“

Elli war einen Augenblick lang ungewohnt still. Aus dem Augenwinkel sah ich, wie sich ihre Augenbrauen aufeinander zuschoben. Das war meistens kein gutes Zeichen. „Okay, das klingt natürlich prima“, sagte sie. „Aber wenn ich es richtig verstanden habe, gibt es da ein kleines Problem, oder? Wie war noch der Name?“

„Zmrrx“, sagte Frrk. Seine Stimmung verdüsterte sich schlagartig. Er schleimte zum Fenster und schielte hoch in den Himmel. Wer immer dieser Zmrxx war: Er schien Frrk ganz schön nervös zu machen.

„Raus mit der Sprache", sagte Elli streng. „Wer ist der Typ und wieso ist er hinter euch her?"

Frrk seufzte tief und verschränkte seine vielen Arme ineinander. „Zmrrx war einmal mein bester Freund", begann er. „Ihr wisst ja: Anders als Menschen und andere irdische Säugetiere haben wir Tmllper keine Familien. Wir bilden uns irgendwo im warmen, möglichst flachen Matsch. Zmrrx und ich entwickelten uns fast genau gleichzeitig in derselben Pfütze." Frrks Schielaugen bekamen jetzt einen träumerischen Glanz. „Wir haben unser gesamtes Larvenstadium zusammen verbracht. Wir sahen uns sogar ähnlich – nur dass Zmrrx nicht grün war, sondern leuchtend orange. Gemeinsam tauchten wir auf den Grund der tiefsten Sumpfseen. Wir jagten Schlickwürmer, lieferten uns Schlammschlachten mit vielarmigen Fango-Egeln. Und wenn wir abends nicht einschlafen konnten, berechneten wir zusammen die Zahl Pi – einmal bis zur sechshunderttausendsten Stelle nach dem Komma!" Frrk blubberte versonnen. Offenbar war Zmrrx für ihn fast eine Art Bruder gewesen, dachte ich.

„Als wir erwachsen wurden, stellte sich heraus, dass Zmrrx und ich verschiedenartige Begabungen hatten“, erzählt er weiter. „Ich wurde Raumschiffkonstrukteur und Rennpilot. Zmrrx hatte geschickte Tentakeln, deswegen lernte er Raumschiffreparateur. Wir blieben aber Freunde, und eines Tages – es war kurz vor dem großen Rennen von Alpha Centauri – bat ich ihn um einen Gefallen. Mein Schiff war damals viel zu langsam, um bei dem Rennen vorn zu liegen, und ich plante deshalb, den Gammakompensator ein wenig umzubauen.“

„Heißt das, du wolltest dein Schiff frisieren?“, erkundigte ich mich. Frrk lauschte kurz in sich hinein. Offenbar ließ er sich etwas von seinem Bordcomputer erklären, mit dem er in ständiger Gedankenverbindung stand. „Nein, durchaus nicht. Ich wollte nur erreichen, dass es schneller fliegt“, sagte er dann verwirrt. Wahrscheinlich hatte der Computer gerade etwas übers Haareschneiden und Lockenwickler erzählt. Ich verzichtete darauf, das richtigzustellen.

„Jedenfalls bat ich Zmrrx, mir zu helfen, was er auch gerne tat. Er war immer sehr freundlich und hilfsbereit“, fuhr Frrk fort. „Und da passierte es: In dem Moment, als wir den umgebauten Gammakompensator wieder einsetzen wollten, geriet einer von Zmrrx Fangarmen in den offenen

Stromkasten. Der ganze Zmrrx wurde unter Strom gesetzt. Zum Glück hat er es überlebt, aber er war nach diesem Ereignis nie wieder derselbe.“ Frrk gab einen kummervollen Pfeiflaut von sich.

„Und deswegen ist er jetzt sauer auf dich. Weil er gegrillt wurde, als er gerade an DEINEM Raumschiff rumbastelte", schlussfolgerte Elli. Frrk schielte schuldbewusst. „Ich mache mir deswegen die größten Vorwürfe. Das Schlimmste ist aber, das Zmrxx durch den Unfall sein freundliches Wesen verloren hat. Früher war er genauso nett und friedlich wie alle anderen Tmllper. Aber durch den Stromschlag hat er sich verändert. Dauernd will er über andere bestimmen, und wenn man ihm widerspricht, wird er furchtbar zornig."

Mir ging der Gedanke durch den Kopf, dass das haargenau nach Lilly klang. Die wurde auch fuchsteufelswild, wenn etwas nicht so lief, wie sie wollte. Und ein wütendes Weltraummonster ließ sich wahrscheinlich noch schwerer in Schach halten als eine tobende Sechsjährige. Na dann gute Nacht!

„Zmrrx zog sich völlig von uns übrigen Tmllpern zurück", erzählte Frrk weiter. „Er lebt seitdem in den Weiten des Alls, allein auf seinem Raumschiff. Hin und wieder greift er Handelsschiffe an und raubt sie aus. Der Stromschlag hat ihm nämlich auch noch enorme Kräfte verliehen. Ich hatte ihn seit langer, langer Zeit nicht mehr gesehen. Aber als ich und der Frosch vor ein paar Tagen auf dem Weg zur Erde waren, erschien er plötzlich auf unserem Radar ..."

Elli sprang auf. Sie wirkte jetzt richtig besorgt. „Sag bloß, dieser Weltraumpirat weiß von dem Supermatschtropfen?“, fragte sie alarmiert.

Frrk nickte. „Ja, unglücklicherweise. Der Frosch und ich hatten eine Nachricht an euch zur Erde gefunkt, in der wir über den Matsch berichteten. Allerdings hatten wir eine falsche Frequenz gewählt, sodass die Botschaft nicht bei euch angekommen ist …“

„… sondern bei Zmrrxx“, sagte Elli grimmig. Die Sache schien sie ziemlich aufzuregen. Und wie mir langsam dämmerte, hatte sie dafür gute Gründe. Denn wenn in diesem Matsch wirklich so viel Power steckte, wie Frrk behauptete, dann war er nicht nur nützlich, sondern auch saugefährlich. „Bald nachdem wir die Botschaft abgeschickt hatten, zeigte mir mein Bordcomputer einen Verfolger an. Ich habe das Raumschiff von Zmrrx sofort erkannt.“

Elli begann mit weit vorgebeugtem Oberkörper im Zimmer auf- und abzumarschieren. „Na toll! Wenn der Kerl sich diesen Supermatsch unter den Nagel reißt, dann können wir was erleben! Mit dem Zeug könnte er wahrscheinlich das komplette Universum nach seiner Pfeife tanzen lassen.“

„Das KOMPLETTE Universum sicherlich nicht“, schränkte Frrk ein. „Aber er wäre in der Lage, die Energie für eine Kampfstation zu gewinnen, die ganze Galaxien zerstören könnte.“

„Du meinst, der Typ will so eine Art Todesstern bauen? Wie Darth Vader?“, fragte ich.

Frrk und Elli guckten mich groß an. „Todesstern?“, blubberte Frrk. „Und wer ist Darth Vader?“, fragte Elli interessiert.

Ich fasste es nicht! Dass Frrk als Außerirdischer sich mit „Star Wars“ nicht auskannte, war ja noch irgendwie verzeihlich. Aber wie konnte ein elfjähriger MENSCH die berühmtesten Filme der Erdgeschichte nicht kennen? Typisch Elli: Das kam davon, wenn man immer bloß Bücher las und keinen DVD-Player zu Hause hatte!

„Ach, vergesst es einfach“, sagte ich matt. „Jedenfalls darf dieser Zmrrx auf keinen Fall an den Matsch rankommen, richtig? Aber du hattest doch vor der Landung dein Tarnprogramm eingeschaltet, Frrk. Wie soll er dich dann überhaupt finden?“

„Das wird er“, antwortete Frrk düster. „Zmrrx ist in Besitz eines Körperdetektors. Er weiß, dass ich mit dem Frosch auf Tmllp gewesen bin, und er hat Bilder von ihm und mir in eurem Internet gefunden. Wenn er diese Bilddaten in seinen Detektor eingibt, kann er meinen Körper und den Körper des Frosches überall aufspüren. Er wird schon sehr bald hier auftauchen.“

Mir lief ein Schauer über den Rücken. Ein feindseliges Alien war hinter uns her! Das war beängstigend, grauenhaft – und sehr, sehr COOL. „Was glaubst du, wird er machen, wenn er euch in die Finger kriegt? Ich meine: in die Tentakel?“, fragte ich gespannt.

Frrk schaute betreten zu Boden. „Das weiß ich nicht, Tom. Seit Zmrrx der Schlag getroffen hat, ist er zu einfach allem fähig. Außer zum Nettsein.“

Elli kratzte sich nachdenklich an der Nase. „Dann müssen wir uns dringend was ausdenken, damit Zmrxx euch nicht findet“, sagte sie und streckte die Hand nach dem schillernden Kästchen aus. „Aber als Allererstes werden wir diesen gefährlichen Matsch an einen sicheren Ort bringen. Und ich weiß auch schon, wohin.“

3. Die orange Gefahr

Kurz darauf hockten Elli und ich auf der Rückbank von Mamas altem Golf. Am Steuer saß der Frosch – nach dem Gespräch mit Frrk hatten wir ihn sofort geweckt und überredet, mit uns in seine und Ellis Wohnung in der Stadt zu fahren. Denn dort wollten wir den Matsch verstecken. Frrk war zu Hause auf dem Hof geblieben, weil er versuchen wollte, die verklemmte Schiebetür seines Raumschiffs zu reparieren.

Der Frosch hatte sich von dem Crash inzwischen bestens erholt: Die ganze Fahrt über erzählte er munter von seinen Abenteuern mit Frrk auf Tmllp. Die beiden schienen sich dick angefreundet zu haben. „Tmllp ist ein wirklich faszinierender Ort", schwärmte er. „Zugegeben, farblich ist so ein

Matschplanet ein bisschen eintönig, aber die Landschaft ist sehr beeindruckend. Zum Beispiel die Schlammvulkane von Snrrf, die Frrk mir gezeigt hat. Wie es da blubbert und brodelt – herrlich! Dort in der Nähe hat Frrk sich übrigens gebildet."

„Muss seltsam sein, so aus dem Nichts in die Welt zu ploppen. Ich meine, ganz ohne Familie und so", sagte ich nachdenklich. Irgendwie fand ich die Vorstellung plötzlich traurig. Kein Wunder, dass Frrk als kleine Larve so an diesem Zmrrx gehangen hatte.

Der Frosch lachte kurz auf. „Weißt du, vielleicht ist das gar nicht so schlecht …", murmelte er. Das passte! Ein Familienmensch war der liebe Herr Kaper ja nicht gerade. Plötzlich fiel mir auf, dass er und Elli sich noch gar nicht richtig begrüßt hatten. Jedenfalls hatte er sie nicht in den Arm genommen oder so. Aber womöglich hätte sie das auch gar nicht gewollt.

In der Wohnung von Elli und dem Frosch roch es so muffig, als wäre seit Wochen nicht gelüftet worden. Genau so war es ja auch: Elli war zwar täglich hergekommen, während der Frosch mit Frrk durchs All gondelte – aber nur, um Griselda, ihre Bartagame, zu füttern. Als wir in ihr Zimmer kamen, ging Elli auch diesmal sofort zu dem riesigen Terrarium, das fast die Hälfte des Raums einnahm. Darin döste Griselda auf einem Stein.

„Hallo, mein Schätzchen“, flötete Elli und öffnete den Deckel. Sofort huschte die Echse ihren Arm hoch und setzte sich auf ihre Schulter.

„Hi Griselda“, sagte ich und hielt ihr zur Begrüßung ein Heimchen hin. Ich kannte sie inzwischen ganz gut, denn meistens war ich zum Füttern mitgekommen. Sogar an ihre etwas ekligen Fressgewohnheiten hatte ich mich gewöhnt: Am liebsten mochte sie Heuschrecken, Mehlwürmer und Mottenlarven. Sie hatte so ziemlich denselben Geschmack wie Frrk.

Während Griselda ihr Heimchen verdrückte, buddelte Elli eine Kuhle in den Terrariumsand und legte vorsichtig die Kugel mit dem Supermatsch hinein. Dann scharrte sie das Loch wieder zu und stellte Griseldas Trinknapf auf die Stelle. „Da kommt dieser Zmrrx garantiert nicht drauf“, sagte sie zufrieden.

Ich nickte. „Ja, das Versteck ist ziemlich gut. Wir müssen bloß aufpassen, dass Zmrrx sich Frrk und den Frosch nicht schnappt. Sonst tut er ihnen wer weiß was Schlimmes an und bastelt sich einen Todesstern. Dann müssten die Tmllper es schwer bereuen, dass sie uns Menschen was von ihrem tollen Matsch abgegeben haben.“

Elli setzte Griselda wieder in ihr Gehege. „Darüber habe ich auch schon nachgedacht. Die beiden müssen sich so schnell wie möglich tarnen. So wie Frrk es beim letzten Mal gemacht hat."

„Du meinst, Frrk und der Frosch sollen sich mit Frrks Körpertransformator in Menschen verwandeln?" Ich sah Elli fragend an. „Äh, ich meine, der Frosch ist natürlich jetzt schon ein Mensch", schob ich hastig hinterher. Bloß ein ziemlich seltsamer, fügte ich in Gedanken hinzu. „Du hast es erfasst." Elli griff sich eine kleine Schaufel und fing an, Griseldas Häufchen in eine Mülltüte zu schippen. „Und ich habe dafür auch schon einen Plan", sagte sie.

Das wunderte mich gar nicht: Elli war sozusagen eine Planmaschine. Sobald irgendwo ein Problem aufploppte, hatte sie auch schon eine verrückte Lösung dafür parat. Zugegeben, ziemlich oft funktionierten ihre Ideen sogar.

„Also …", sagte Elli, aber weiter kam sie nicht, denn in diesem Moment klingelte es. Es klingelte noch mal. Und dann läutete es Sturm.

Elli und ich guckten uns fragend an: Eigentlich konnte doch niemand wissen, dass sie und der Frosch wieder zu Hause waren. Schon hörten wir den Frosch zur Tür schlurfen, und wenige Sekunden später ertönte im Flur eine raue

Knarzstimme, die ich nur zu gut kannte. „Mitkommen, sofort! Und die beiden Kinder auch, aber schnell!“ Die Tür zu Ellis Zimmer flog auf und Katharina Schlüter fegte in einem Tempo herein, dass ihr graublonder Pferdeschwanz nur so wippte. Die blassblauen Augen hinter ihrer eckigen Brille funkelten wütend. „Packt euer Zeug zusammen, wir fahren sofort ins Labor. In dieser Wohnung könnt ihr keine Sekunde länger bleiben.“

Elli stemmte empört die Arme in die Hüften. „Sind Sie übergeschnappt? Sie können hier doch nicht einfach so reinstürmen und uns Befehle geben. Wir sind schließlich freie Menschen!“ Die Schlüter zog die mageren Schultern unter ihrem schlammbraunen Parka noch ein Stückchen höher und gab einen verächtlichen Grunzlaut von sich. Sie war ganz offensichtlich stocksauer auf uns. „Freie Menschen seid ihr die längste Zeit gewesen, wenn ihr noch länger hierbleibt!“

„Warum? Hier ist es doch nicht gefährlich, oder?“, fragte ich und spürte, wie eine dunkle Ahnung in mir hochstieg. Konnte es sein, dass Zmrrx uns schon näher war, als wir dachten?

Die Schlüter packte mich und Elli an den Ärmeln und schob uns energisch Richtung Tür. „Ich weiß nicht, ob ihr es mitbekommen habt, aber euer grüner Freund, der vermutlich inzwischen gelandet ist, wird verfolgt. Unser Team hat heute

Morgen ein unbekanntes Flugobjekt registriert, das direkt auf die Erde zusteuert. Es war eindeutig *nicht* Frrks Raumschiff. Wir haben auch eine Botschaft von diesem UFO erhalten. Sie klingt nicht gerade freundlich. Es ist also besser, ihr kommt freiwillig mit – zu eurer eigenen Sicherheit."

Eine halbe Stunde später hockten Elli, der Frosch und ich vor einem riesigen Bildschirm im Laboratorium der Europäischen Zentrale für Astrobiologie (EZA). Auf der Fahrt dorthin hatte sich die Schlüter strikt geweigert, auch nur eine unserer Fragen zu beantworten und ihren fetten weißen Van schweigend über die lange Landstraße zum Labor gelenkt. Wahrscheinlich wollte sie sich damit an mir und Elli rächen. Schließlich hatte SIE uns vor ein paar Tagen sofort Bescheid gegeben, als ihr Team die Botschaft über Frrks bevorstehende Ankunft auffing. Aber WIR hatten uns nach seiner Ankunft nicht sofort bei ihr gemeldet, obwohl wir das hoch und heilig versprochen hatten. Kein Wunder, dass sie wütend war. Doch weder Elli noch ich trauten ihr über den Weg. Wir konnten nicht vergessen, wie sie bei Frrks letztem Besuch alles drangesetzt hatte, ihn zu fangen. Am Ende würde sie das noch einmal versuchen …

Im EZA-Gebäude guckte der Frosch sich staunend um, während wir hinter der Schlüter einen ewig langen Korridor entlangstapften. Elli und ich kannten die EZA schon von Frrks letzter Landung. Eigentlich fühlte man sich dort immer wie in einem Science-Fiction-Krankenhaus: lauter schneeweiße Flure, in denen Leute mit Kitteln und Mundschutz rumliefen. Die Räume, die an den Fluren dranhingen, waren auch alle weiß. Dort standen Computer, Reagenzgläser und blubbernde Glaskolben herum. Und geheimnisvolle Apparate, die brummende Geräusche machten und manchmal ganz plötzlich piepten. Der Raum, in den uns die Schlüter jetzt führte, sah aber komischerweise wie ein kleines Kino aus – bloß mit weißen Stühlen statt mit Plüschsesseln.

Die Schlüter tippte an einem Tisch auf einem Laptop herum und schaltete dann den großen Bildschirm ein, der gegenüber von den Stühlen an der Wand hing. „Ich weiß, wie wenig ihr mir vertraut", sagte sie knapp. „Deshalb ist es wohl am besten, wenn ihr es mit eigenen Augen seht." Über den Schirm zuckten weiße Streifen, dann wurde das Bild plötzlich klar. Es zeigte ein leuchtend orangefarbenes Wesen. Es hatte sechs Augen und acht Tentakeln, genau wie Frrk. Sein Körper war allerdings wesentlich dicker und wabbeliger als der von unserem Freund, und anders als Frrk sah dieser Tmllper kein bisschen nett aus. Klarer Fall: Das war Zmrrx!

Wir hörten eine bedrohliche, dunkle Blubberstimme. Sie sprach: „Owacht, Erdbewohner: Woann ehr mer nedd glei de Brabbl iwwergebt, werds Frrk unn seim Kumbel vunnde Erd schlescht erdabbe. Sendet mer iwwer denn Kanal die Koordinate, unner dene isch de Brabbl finn. Oannerenfalls werr isch mid moim Körperdetektor noach Frrk unn seim Kumbel suche. Unn de Brabbl misse sie sowwieso rausgewwe!" Dann verschwand das Bild und der Monitor wurde wieder schwarz.

„Was war das denn?", fragte Elli verwirrt. „Tmllpisch oder was?" Katharina Schlüter zuckte die Schultern. „Das dachten wir zuerst auch. Aber dann hat unser Übersetzerteam herausgefunden, dass es sich um Südhessisch handelt." Ich schlug mir mit der Hand vor die Stirn. „Ach so! Der hat wahrscheinlich seinen Übersetzungscomputer aus Versehen nicht auf Hochdeutsch eingestellt. Das ist Frrk am Anfang auch passiert. Wenn ich's ihm nicht gesagt hätte, würde er heute noch auf Bayrisch daherreden." Die Schlüter zog einen Zettel hervor. „Ein Übersetzer hat die Botschaft inzwischen für uns entschlüsselt. Zusammengefasst bedeutet sie, dass wir diesem Außerirdischen sofort „den Matsch" übergeben sollen, dann folgen wüste Drohungen. Habt ihr irgendeine Ahnung, was das zu bedeuten hat?"

Wir packten also aus – was blieb uns auch anderes übrig? Elli, der Frosch und ich wechselten uns beim Erzählen ab, und am Ende wusste die Schlüter einigermaßen Bescheid über Zmrrx, den Supermatsch und wie Frrk seine Tentakel in der Geschichte drin hatte. Als wir fertig waren, lehnte sich die Schlüter weit auf ihrem Stuhl zurück, guckte gedankenverloren an die Decke und zupfte an ihrem Zopf. Ihre Wut auf uns schien schlagartig verraucht zu sein. „Hmm", machte sie. „Außerirdischer Matsch mit unendlichem Energiepotenzial! Wer hätte gedacht, dass das einmal die Rettung der Menschheit sein würde? Man müsste einen Reaktor bauen ..."

Der Frosch nickte eifrig. „Ich habe schon ein paar Entwürfe dafür gemacht. Sie können sich das gerne mal anschauen, wenn Sie Zeit haben." Er zog einen zerknüllten Zettel aus der Tasche seiner Cordhose und schob ihn über den Tisch.

Die Schlüter beugte sich darüber und starrte auf die gekritzelten Linien und Zahlen. Sie wirkte beeindruckt. „Das ist ja ganz erstaunlich, Dr. Kaper! Ich wusste gar nicht, dass Lehrer heutzutage über solche Fähigkeiten verfügen."

Der Frosch wand sich geschmeichelt. „Na ja, Sie müssen bedenken, dass ich Doktor der Mathematik bin. Logische Probleme zu lösen, ist sozusagen mein Hobby – schon seit ich ein Kind war!"

Die Schlüter blinzelte hinter ihrer dicken Brille den Frosch an. „Genau so war es bei mir auch, wissen Sie …“, sagte sie versonnen. Dazu lächelte sie verträumt, was in ihrem strengen Wissenschaftlerinnengesicht irgendwie komisch aussah.

Doch innerhalb von Sekundenbruchteilen fasste sie sich und blickte wieder ernst von einem zum anderen. „Also: Wir müssen unbedingt verhindern, dass Zmrrx diese Substanz an sich bringt! Ich schlage Folgendes vor: Ihr übergebt mir unverzüglich den Matsch. Frrk und Sie, Herr Kaper, nehmen wir hier in der EZA-Zentrale in Gewahrsam. Wir können Sie hier rund um die Uhr im Auge behalten, sodass Zmrrx Ihnen nichts anhaben kann. Wir garantieren für Ihre Sicherheit.“

Ich war mir zu hundert Prozent sicher, dass der Frosch dieses Angebot annehmen würde. Er liebte schließlich Labore. Hier bei der EZA würde er in aller Ruhe mit Frrk an seinen Formeln herumrechnen. Und wenn es eine Ewigkeit dauerte, bis Zmrrx das Suchen aufgab und wieder abzog, wäre ihm das vermutlich egal: Auf seinen Job als Lehrer hatte er sowieso wenig Lust. Jedenfalls war mir das immer so vorgekommen.

„Auf keinen Fall!“, sagte der Frosch.

Elli und ich warfen uns einen erstaunten Blick zu. Katharina Schlüter zog die Augenbrauen hoch. „Und wieso nicht?“, fragte sie.

„Ganz einfach", antwortete der Frosch. „Weil Sie Zmrrx unterschätzen! Er wird so lange keine Ruhe geben, bis er den Matsch erbeutet hat. Es sei denn, wir finden einen Weg, ihn aufzuhalten."

Wow! Ich hatte den Frosch noch nie so kämpferisch erlebt. Hatte die Reise mit Frrk ihn so umgekrempelt? Oder wollte er etwa der Schlüter imponieren?

Die Wissenschaftlerin musterte den kleinen, fast kahlen Mathelehrer nachdenklich. „Sie sind ein mutiger Mann, Dr. Kaper. Aber wenn Zmrxx uns Menschen so überlegen ist, wie Sie sagen, weiß ich erst recht nicht, wie wir ihn stoppen könnten."

Mir fiel ein, dass Elli gerade von einem „Plan" gesprochen hatte, kurz bevor die Schlüter hereingestürmt kam. „Falls du eine Idee hast: Jetzt wäre der perfekte Moment, damit rauszurücken", murmelte ich ihr zu.

Elli kriegte wieder ihre Stirnfalte und fing an, im Raum auf und ab zu tigern. „Ich habe mir tatsächlich schon was dazu ausgedacht, Frau Schlüter", legte sie los. „ERSTENS: Wenn wir Zmrrx fangen wollen, müssen wir ihn an einen Ort locken, an dem er sich sicher und unbeobachtet fühlt. Die ‚Europäische Zentrale für Astrobiologie' ist da wohl kaum das Richtige! ZWEITENS: Papa und Frrk sind die idealen Lockvögel. Frrk hat uns erzählt, dass Zmrrx einen Körperdetektor besitzt, mit dem er die beiden jederzeit aufspüren kann. DRITTENS: Sobald der Fiesling aufkreuzt, müssen Papa und Frrk natürlich verschwinden. Zum Glück hat Frrk ja seinen Körpertransformator: Die beiden können einfach ihre Körper umwandeln, und schon kann Zmrrx sie nicht mehr orten. VIERTENS: Frrk und Papa sollten sich in Leute verwandeln, die für sie nicht so schwer zu spielen sind. Dann fallen sie am wenigsten auf.“ Elli stoppte und guckte triumphierend in die Runde. „Und für alle diese Punkte habe ich die perfekte Lösung: Neulich war unsere Schulrektorin Frau Koschwitz in unserer Klasse und hat uns erzählt, dass sie endlich einen Ersatzlehrer für meinen Vater gefunden hat. Und dass außerdem noch ein neuer Musikreferendar kommt.“

Frau Koschwitz hatte es dem Frosch schwer übel genommen, dass er sich so mir nichts, dir nichts in den Weltraum verdrückt hatte. Lehrer mit seiner Fächerkombination sind scheinbar so selten wie blaue Gummibärchen. Oder Eis mit Kumquat-Geschmack. Der Frosch unterrichtete nämlich Mathe, Physik und Chemie. Komischerweise hatte unsere Rektorin aber trotzdem jemanden gefunden, der Lust hatte, uns das beizubringen. Der neue Lehrer hieß Dr. Böhncke, und er hatte exakt morgen seinen ersten Tag bei uns.

Mir schwante was. „Du meinst, wir sollen Zmrrx in die Schule locken? Und Frrk soll sich in diesen Böhncke verwandeln?“ Elli schüttelte den Kopf. „Nee. Frrk verwandelt Papa in den Böhncke. Er selbst transformiert sich in Herrn Meisenkamp, den neuen Musikreferendar. Ist doch ideal: Papa ist schließlich selber Mathelehrer, er wird also als Böhncke ziemlich glaubwürdig sein. Und Frrk – na ja, immerhin kennt er sich auf der Erde nirgends so gut aus wie an unserer Schule. Und Musiklehrer sind doch fast immer irgendwie schräg.“

Der Frosch richtete sich ruckartig auf seinem Stuhl auf. „Doch nicht etwa Joachim Böhncke?“, fragte er. „DER soll MICH in Mathe vertreten? Das darf ja wohl nicht wahr sein! Wir waren zusammen an der Uni: Der Mann ist ein Scharlatan, bestenfalls ein Hobbymathematiker. Wie der an seinen Doktortitel gekommen ist, begreife ich bis heute nicht. Tut mir leid, Kinder, aber dass ich mich in den verwandele, ist völlig ausgeschlossen – ich würde mich ja vollkommen lächerlich machen! Eigentlich möchte ich sowieso lieber in meinem eigenen Körper bleiben …“

„Papa, dieser Zmrxx hat einen KÖRPERDETEKTOR!“, antwortete Elli ungeduldig. „Nur wenn ihr euch verwandelt, seid ihr vor ihm sicher. Ein paar Tage lang Dr. Böhncke zu sein, ist ja wohl immer noch besser als einem mutierten Weltraumpiraten in die Fangarme zu gehen, oder?“

Darauf fand der Frosch erst einmal keine Antwort. Hilfesuchend guckte er zur Schlüter rüber, aber die saß mit weit vorgebeugtem Oberkörper auf ihrem Platz und wartete gespannt auf die Fortsetzung von Ellis Vortrag. Offenbar fand sie ihre Ideen hochinteressant.

Ich dachte auch, dass Ellis Plan so weit gar nicht übel klang. Allerdings gab es da immer noch ein Problem. „Aber Frrk kann sich doch nur in Leute verwandeln, von denen er Fotos hat“, wandte ich ein. „Wo sollen wir denn bis morgen Fotos von diesen beiden Lehrern herkriegen?“

„Daran habe ich natürlich auch schon gedacht“, sagte Elli und fing wieder an, herumzumarschieren. „Passt auf: Böhncke und Meisenkamp haben garantiert Bewerbungsmappen an die Schule geschickt, um die Lehrerjobs zu kriegen. Und in solchen Mappen sind immer Fotos drin! Also müssen wir bloß morgen früh ins Büro von der Koschwitz schleichen und uns die Mappen schnappen. Dann schmeißt Frrk seinen Transformator an, und zack!“

„Im Büro von Frau Koschwitz? Aber wie sollen wir da denn reinkommen?“, fragte der Frosch zweifelnd.

Ohne ihr Herumtigern zu stoppen, drehte sich Elli flüchtig zu ihrem Vater um. „DAS ist unser allerkleinstes Problem. Hast du's vergessen, Papa? Du bist dieses Jahr Sicherheitsbeauftragter an unserer Schule. Und deswegen hast du den Generalschlüssel. Hängt daheim am Schlüsselbrett."

Die Schlüter hatte bis hierher konzentriert zugehört. Jetzt kniff sie die Augen zusammen und sagte: „Das hast du dir fein ausgedacht, Elli. Aber ich bleibe dabei: Hier im Labor wäre es viel sicherer für die beiden."

Elli baute sich vor uns auf, als stünde sie auf einer Bühne und wir wären ihr Theaterpublikum. Man konnte sehen, wie sehr sie ihren Auftritt genoss. „NATÜRLICH wären sie hier im Labor sicherer, Frau Schlüter!", rief sie. „Aber es geht hier nicht nur um die Sicherheit von Frrk und meinem Vater. Frrk hat gesagt, dieser Zmrrx ist unberechenbar. Wenn der seinen Todesstern kriegt, steht vielleicht die Zukunft der gesamten Galaxis auf dem Spiel. Und nur wir können sie retten!"

4. Tanzstunde und ein Vater-Sohn-Gespräch

Als ich am späten Nachmittag im Bus zurück nach Kuhstedt saß, schwirrte mir der Schädel von allem, was ich an diesem Tag schon zu hören und zu sehen gekriegt hatte. Frrk war wieder da, und ein feindliches Alien im Anflug! Oh Mann, dabei hatte ich eigentlich schon genug Probleme. Für diese Woche hatte einer unserer vielen Vertretungs-Mathelehrer ein Test in Bruchrechnen angekündigt. Und die Englischvokabeln für morgen hatte ich auch noch nicht drauf! Wenn wir wenigstens ein paar coole Waffen hätten, so wie die Rebellen in Star Wars, überlegte ich, während ich auf die friedlichen Kuhweiden vor dem Busfenster starrte. Mit einem Laserschwert oder einer Strahlenkanone am Gürtel hätte ich mich gleich viel sicherer gefühlt. Aber ich hatte zu Hause bloß eine alte NERF, und für die fehlten fast alle Schaumstoffpfeile.

Elli hatte die Schlüter am Ende doch breitgeschlagen, bei ihrer Idee mitzumachen. Natürlich – sie war eine echte Meisterin darin, Leute zu verrückten Aktionen zu überreden. Der Plan ging jetzt so: Morgen früh vor der Schule würden sich Frrk und der Frosch im Rektorenbüro in die neuen Lehrer umwandeln. Zmrrx würde ihre Spur bis zur Schule verfolgen – und sie dort verlieren. Und während er vergeblich nach den beiden suchte, würde ein unauffällig neben der Schule postiertes Spezialkommando der EZA anrücken und das gefährliche Alien festnehmen. Gefahr vorbei!

Aber, fragte ich mich, während ich aus dem Busfenster in den Nieselregen starrte, würde das auch wirklich so klappen, wie Elli es sich vorstellte? Immerhin war es lustig gewesen, die beiden echten Lehrer abzuwimmeln, damit morgen in der Schule nicht zwei Böhnckes und Meisenkamps rumliefen. Die Schlüter hatte sie persönlich angerufen und behauptet, sie wäre vom Gesundheitsamt. Die Schule stünde in den nächsten zwei Wochen unter Quarantäne, wegen eines akuten Kratzwurm-Befalls. „Ich glaube nicht, dass sich die beiden Herren in den nächsten Tagen in die Nähe ihrer zukünftigen Arbeitsstätte trauen“, hatte sie nach dem Auflegen gesagt und dabei tatsächlich ein bisschen gegrinst.

Als ich endlich, immer noch grübelnd, auf unserem Hof ankam, bot sich mir ein bizarrer Anblick. Vor der Heuscheune machte Lilly gerade Frrk den neuesten Tanz aus ihrem Kinderballettkurs vor: den „Flug der kleinen Glitzerelfen“. Ihre Truppe sollte damit morgen auf dem Hildeshagener Stadtfest auftreten, bei dem auch unsere Schule jedes Jahr mit einer eigenen großen Show mitmachte. Lilly war deswegen dermaßen aufgeregt, dass sie schon seit Wochen von nichts anderem mehr sprach. Ich hatte die Glitzerelfen-Nummer jetzt schon so oft vorgeführt bekommen, dass ich sie hätte mittanzen können. Was natürlich auf keinen Fall infrage kam.

Für Frrk kam es aber sehr wohl infrage, wie ich zu meinem Entsetzen sehen musste. Er bemühte sich eifrig, Lillys Sprünge und Drehungen nachzumachen und genauso mit den Hüften zu wackeln wie sie. Bloß, dass das für jemanden ohne Hüften und mit nur einem Fuß komplett unmöglich war. Sein Gehopse sah eher nach Sackhüpfen oder Kaninchentollwut aus – besonders weil Lilly noch nicht mal Musik dazu angemacht hatte. Trotzdem wirkte Frrk ausgesprochen fröhlich. „Hallo Tom“, blubberte er mir schon von Weitem zu. „Lilly gibt mir gerade Tanzunterricht!“

Na, die beiden verstehen sich ja wieder blendend, dachte ich grimmig. Offenbar hatte meine kleine Schwester Frrk inzwischen verziehen, dass er jetzt so grün und schleimig war, und damit angefangen, ihn zu einer brauchbaren Spielkameradin abzurichten. Völlig daneben lag sie damit nicht: Genau genommen war Frrk gar kein „Er". Auf Tmllp gab es nämlich weder männliche oder weibliche Wesen, was es ziemlich schwierig machte, ihm den Unterschied zwischen Jungs und Mädchen zu erklären. Für Frrk sahen Menschen sowieso alle gleich aus.

Ich fand es trotzdem würdelos von ihm, so kleinmädchenmäßig herumzuhüpfen, und beschloss, mir die beiden vorzuknöpfen. Vor allem Lilly. Die gefährdete noch unsere ganze Operation mit ihrem Babykram!

„Sag mal, spinnst du?", fuhr ich sie an. „Du kannst doch mit einem Außerirdischen nicht mitten auf dem Hof rumtanzen! Stell dir mal vor, jemand kommt vorbei und sieht euch. Frrk ist in einer streng geheimen Mission unterwegs. Keiner darf wissen, dass er hier ist. Also Marsch, rein mit euch! Und erzähl morgen in der Vorschulklasse bloß nicht rum, dass wir ein Weltraummonster zu Besuch haben, klar?"

Lilly zog eine Flunsch, und Frrk schielte schuldbewusst, während ich ihn energisch Richtung Haus schob. „Ich bemühe mich nur, meine Kenntnisse über die menschliche Kultur zu erweitern“, verteidigte er sich. „Lilly hat mir dabei geholfen. Sie hat mir gezeigt, wie Menschen sich verhalten, wenn sie weder schlafen noch arbeiten oder elektronische Geräte benutzen. Auf Tmllp verwenden wir solche Pausen dazu, im Matsch zu liegen und uns an der vollkommenen Unerklärlichkeit des Universums zu erfreuen. Jetzt weiß ich, dass ihr diese Zeit beispielsweise nutzt, um eure Körper herumzuwirbeln. Ich finde das faszinierend. Auf diese Idee ist auf Tmllp noch nie jemand gekommen.“

„Okay, ist ja prima, dass du was gelernt hast“, sagte ich versöhnlich. „Aber jetzt müssen wir dringend etwas in meinem Zimmer besprechen.“

Lilly, die trotz meines Geschimpfes eselstur hinter uns hertrottete, machte ich die Tür vor der Nase zu. „Das ist gemein, Tom! Mama hat gesagt, Frrk ist auch MEIN Besuch!“, meckerte sie, aber ich hielt die Tür zu, bis sie aufgab und sich verzog. Wer eine galaktische Katastrophe verhindern muss, kann sich nicht gleichzeitig noch mit nervigen Schwestern rumschlagen.

Ich erklärte Frrk also ausführlich den Plan. Er hörte konzentriert zu und schien am Ende sehr zufrieden zu sein. „Eine ausgezeichnete Idee!“, blubberte er. „Besonders gefällt mir, dass ich mich diesmal in einen Erwachsenen verwandeln darf. Das bedeutet, dass ich nicht mehr tun muss, was die großen Menschen mir sagen. Das ist eine erhebliche Verbesserung gegenüber meiner letzten Verwandlung in das Friederike-Wesen. Ich denke, es wird bedeutend einfacher und erfreulicher, Herr Meisenkamp zu sein."

Da war ich mir nicht so sicher. Vorsichtig erkundigte ich mich bei Frrk, wie viel Ahnung er von Musik hatte. Er lauschte kurz in sich hinein, wie immer, wenn er seinen Bordcomputer befragte, und sagte dann: „Musik ist ein Schallereignis, für dessen Erzeugung Töne und Geräusche in eine systematische Ordnung gebracht werden."

„Ja, schon", sagte ich, „aber magst du Musik? Und wie klingt das überhaupt, was ihr auf Tmllp so hört?"

Frrk schielte mich ratlos an. „Tmllper bringen Geräusche nicht in systematische Ordnungen. Ich begreife auch nicht, wozu das nützlich sein sollte."

Oha. Das waren ja echt miese Voraussetzungen für Frrks neuen Job als Musikreferendar! Davon abgesehen, fand ich es irgendwie auch schade, dass die Tmllper keine Musik kannten. „Also, wir Menschen stehen da total drauf. Und zu diesem ‚Tanzen', das Lilly dir eben gezeigt hat, gehört eigentlich auch Musik dazu. Da gibt es ganz unterschiedliche Richtungen: Hip-Hop, Rock, Klassik … Nicht alles gefällt allen gleich gut, aber es gibt keinen Menschen auf der Welt, der überhaupt keine Musik mag." Außer dem Frosch vielleicht, dachte ich. Wie der zu einem Song mitschnippte, konnte ich mir beim besten Willen nicht vorstellen.

Ich beschloss, Frrk einen Crashkurs zu geben: Ich drückte die Musik-App auf meinem Handy und suchte ein Stück aus. Frrk lauschte eine Weile stumm. *„Oh-EI-oh-EI-oh-EI-oh-EI"*, quäkte es aus dem Handy-Lautsprecher. „Der Mensch in dieser Tonaufzeichnung hat starke Schmerzen", stellte Frrk mitleidig fest.

„Quatsch, das ist Ed Sheeran, und der singt!", sagte ich empört. „Hör einfach weiter zu, dann verstehst du vielleicht, was Menschen gut daran finden."

Das Stück dudelte weiter: *„Oh-EI-oh-EI-oh-EI, I'm in love with your body …"*

Frrk lauschte fasziniert. „Meint er dich oder mich?", erkundigte er sich neugierig.

„Äh, was?", fragte ich zurück.

„‚I'm in love with your body' drückt in der menschlichen Sprache Englisch aus: ‚Ich bin verliebt in deinen Körper'", erklärte Frrk. „Ist Ed Sheeran in deinen oder in meinen Körper verliebt?"

„Oh Mann, Frrk! Der meint doch nicht mich, und dich garantiert auch nicht! Der singt über irgendein Mädchen!“

„Das hat er aber nicht so ausgedrückt“, beharrte Frrk. „Wieso sagt er denn nicht, dass er in den Körper eines unbestimmten Mädchens verliebt ist?“

Ich seufzte. Auf seinem Heimatplaneten war Frrk bestimmt eine große Nummer als Raumschiffkonstrukteur, aber hier auf der Erde kapierte er manchmal die einfachsten Sachen nicht. Ich gab es auf und schaltete den Song wieder ab. Das Beste würde sein, wenn Frrk seine Klasse einfach die ganze Stunde auf Xylophonen rumkloppen ließ, das machte unsere Musiklehrerin Frau Fiedler auch immer so.

Es klopfte. „Verzieh dich, Lilly!“, rief ich. Die Tür öffnete sich aber trotzdem und Mama schob ihren Kopf herein. „Du solltest wirklich ein bisschen netter mit deiner kleinen Schwester umgehen, Tom! Immerhin hat sie sich den ganzen Nachmittag über sehr lieb um Frrk gekümmert“, wies sie mich zurecht. „Aber eigentlich wollte ich dir sagen, dass Papa für dich am Telefon ist.“

Ach herrje: Papa! Mein Vater lebte seit ungefähr anderthalb Jahren getrennt von uns in Hamburg, weil er aufs Bauersein keine Lust mehr gehabt hatte. Seitdem sahen wir uns nur noch ein- bis zweimal im Monat. Dafür rief er mich aber ein- bis zweimal pro Woche an und führte „Vater-Sohn-Gespräche“ mit mir, wie er das nannte. Nicht, dass das jetzt falsch rüberkommt: Ich habe meinen Vater echt gern. Aber ein großer Telefonierer bin ich nicht, und außerdem hatte er so eine Art, mich auszufragen, die ich manchmal ein bisschen anstrengend fand. Dauernd wollte er wissen, wie es in der Schule läuft. Wenn ich dann wahrheitsgemäß antwortete, dass ich gerade Probleme in Mathe hatte, fing er ernsthaft an, mir AM TELEFON Bruchrechnung zu erklären. Oder er hielt mir einen Vortrag darüber, dass ich jetzt zwar eine Berühmtheit war wegen Frrk – die Aufregung um Frrks ersten Besuch auf der Erde hat er natürlich mitgekriegt – aber dass ich mir nicht einbilden dürfte, ich bräuchte deswegen nichts mehr für die Schule zu tun und so weiter.

Deswegen erzählte ich ihm seit einiger Zeit nur noch, dass in der Schule alles super war und ich in den Tests lauter Bestnoten schrieb. Das war aber leider gelogen. In Mathe stand ich auf Vier Minus und in Englisch sah es auch nicht besser aus. Und ein bisschen hatte ich den Verdacht, dass mein Vater das ahnte. Er und meine Mutter sprachen wenig miteinander, seit er sie „mit dem kompletten Hof hatte sitzen lassen“, wie sie immer sagte – deswegen war ich bisher nicht aufgeflogen. Aber ich wusste genau, dass das nur eine Frage der Zeit war. So viel dazu, warum ich mich auf das anstehende Telefongespräch nicht wirklich freute.

Ich rappelte mich vom Fußboden hoch und trottete ins Wohnzimmer, wo unser Festnetztelefon wartend auf dem Couchtisch stand.

„Hi Papa!“

„Hallo Tom! Na, wie läuft’s denn so? Was macht die Schule?“

Die Schule, immer die Schule! Manchmal war ich echt beleidigt, dass der Mann sich scheinbar für nichts anderes in meinem Leben interessierte.

„Elli und ich haben letztes Wochenende das Pokerturnier vom Kuhstedter Jugendclub gewonnen“, erzählte ich einfach drauflos. „Sie ist Erste geworden, ich Zweiter.“ Genau genommen hatte ich ganz am Ende gegen Elli verloren, obwohl sie bloß zwei Paare hatte und ich ein Full House. Sie bluffte halt unheimlich gut.

Papa lachte auf. „Ein MÄDCHEN hat dich im Poker geschlagen? Da hast du dich bestimmt ganz schön geärgert, oder?“

„Na ja, ich hab immerhin von zwanzig Leuten den zweiten Platz gemacht …“, protestierte ich.

„Sag mal, triffst du dich eigentlich gar nicht mehr mit

Jonas?", redete Papa einfach weiter. „Ich meine, diese Elli ist ja ganz nett, aber auf die Dauer hast du doch bestimmt lieber mit anderen Jungs zu tun, oder?"

Ich sparte es mir, ihm zu erklären, dass mein ehemaliger bester Freund Jonas inzwischen mein bester Feind war. Jonas war im Grunde ein totaler Fiesling. Als Frrk in Gestalt von Friederike mit mir zur Schule gestakst kam, hatte er uns das Leben schwer gemacht, weil er einfach nicht verstehen konnte, wieso ich plötzlich lieber mit einem schrägen Mädchen abhing als mit seiner Jungs-Gang. Und Papa kapierte das scheinbar auch nicht.

„Der Jonas ist doch so ein Ass in Mathe, stimmt's? Ihr könntet zusammen für die Tests lernen."

„Nicht nötig", sagte ich hastig. „Wir haben jetzt einen anderen Lehrer, Herrn Böhncke. Der ist total super und kann viel besser erklären als Herr Kaper. Seit er da ist, kapiere ich immer alles sofort." Als Erklärung dafür, wieso ich plötzlich Mathe konnte, kam mir der neue Lehrer gerade recht. Und dass Dr. Böhncke erst ab morgen unser Lehrer war, wusste Papa ja nicht.

„Wie schön", sagte Papa, und ich sah seinen misstrauischen Gesichtsausdruck geradezu vor mir. „Hör mal, Tom, weshalb ich eigentlich anrufe: Ich komme morgen nach Hildeshagen und übernachte bei einem Kumpel, damit ich übermorgen schon ganz früh zum Stadtfest kommen kann."

Klar, dachte ich, das hätte ich mir denken können. Das Stadtfest ließ Papa sich natürlich nicht entgehen, sogar, wenn er dafür aus Hamburg anreisen musste. Es war die Gelegenheit für ihn, seine alten Kumpels wiederzutreffen. Die Schulaufführung würde er sicher sehen wollen – und Lillys großen Ballettauftritt. „Ich dachte, ich schaue in der großen Pause mal bei dir in der Schule vorbei", fuhr Papa fort. „Du, ich und dein neuer Lehrer, wir sollten uns kurz zusammensetzen. Ich habe oft ein schlechtes Gewissen, weil wir uns so selten sehen und ich mich nicht mehr richtig um deine Schulkarriere kümmern kann. Ich möchte mich mal wieder auf den neuesten Stand bringen. Was hältst du davon?"

Verdammt! Ausgerechnet morgen, wenn ich und Elli alle Hände voll damit zu tun haben würden, Frrk und den Frosch in ihren neuen Lehrerkörpern im Auge zu behalten! Und ein durchgeknalltes Alien um die Schule herumstrich, um die beiden zu kidnappen! Einen schlechteren Tag hätte Papa sich für seinen Kontrollbesuch nicht aussuchen können.

„Äh, muss das unbedingt morgen sein? Ich meine, kann das nicht warten, bis ..."

„Nein, kann es nicht!", unterbrach Papa mich streng. „Ich

weiß genau, dass deine Noten nicht so rosig sind, wie du immer behauptest. Und ich finde, es wird Zeit, dass wir uns dieser Tatsache stellen." Er räusperte sich. „Und zwar zusammen", fügte er versöhnlich hinzu. „Du hast ein aufregendes Abenteuer erlebt, als du dieses Alien entdeckt hast. Aber jetzt ist es Zeit, sich wieder um die wirklich wichtigen Dinge im Leben zu kümmern."

„Du meinst Bruchrechnung?", fragte ich.

„Exakt", antwortete Papa. „Wir sehen uns morgen, Tom. Bitte sag Herrn Böhncke rechtzeitig Bescheid, dass ich komme. Hab dich lieb."

Und bevor ich weiter protestieren konnte, legte er auf. Da hatte ich den Salat.

5. Das Apfelschorlen-Paradoxon

Frrk verbrachte die Nacht auf der Gästematratze neben meinem Bett, auf der in den Wochen davor Elli geschlafen hatte. Allerdings kriegten wir beide kaum ein Auge zu: Frrk, weil ihm als Matschwesen die Matratze zu trocken war. Und ich, weil ich mir tausend Sorgen machte. Ob dieser gruselige Zmrxx inzwischen auf der Erde angekommen war und vielleicht sogar schon irgendwo in Kuhstedt rumwabbelte? Ob der Supermatsch in Griseldas Terrarium wirklich gut genug versteckt war? Und vor allem: Ob die Körpertransformationen von Frrk und dem Frosch morgen auch glattlaufen würde?

Ich war gerade in einen unruhigen Dämmerschlaf gesunken, da klingelte schon der Wecker. Ich hatte ihn auf extra früh gestellt, damit wir genügend Zeit für die Verwandlungsaktion im Büro der Rektorin hatten. Müde und ungefrühstückt schlichen Frrk und ich raus auf den Hof, wo Elli und der Frosch schon wie verabredet in ihrem Auto auf uns warteten. Bevor wir aufbrachen, hatte ich in der Küche noch schnell meine Schultrinkflasche befüllt, ein paar Müsliriegel in meinen Rucksack gestopft und Mama einen Zettel geschrieben: „Bin mit Frrk früh los zur Schule, sind zum Abendessen wieder da". Sie würde sich wahrscheinlich wundern, was Frrk in unserer Schule zu suchen hatte, aber sie in den Plan einzuweihen, schien mir zu gefährlich. Meine Mutter war zwar im Großen und Ganzen cool, aber Eltern sind unberechenbar. Wenn sie spitzkriegte, dass ein feindseliges Alien hinter uns her war, würde sie sich womöglich doch total aufregen und die Polizei rufen oder so. Aber gegen einen Todesstern waren die Kuhstedter Polizisten ohnehin aufgeschmissen. Also war es das Beste, wenn Frrk, Elli und ich das Problem auf unsere Art lösten. Mit dem Frosch hatten wir schließlich eine erwachsene Aufsichtsperson dabei – auch wenn es mir oft eher vorkam, als würden WIR auf IHN aufpassen.

So ein richtiger Beschützertyp war der Frosch jedenfalls nicht. Als Frrk und ich auf das Auto zuliefen, sah ich sein blasses Gesicht durch die Windschutzscheibe. Offenbar hatte er auch schlecht geschlafen. Verständlich, wenn einem ein bösartiges Schleimungeheuer auf den Fersen ist.

„Morgen, Leute!“, begrüßte uns Elli, die putzmunter auf dem Beifahrersitz saß. Sie und der Frosch hatten die Nacht sicherheitshalber im EZA-Labor verbracht, wo Katharina Schlüter ihnen Gesellschaft geleistet hatte. Offenbar war es für Elli ein lustiger Abend gewesen. Die drei hatten Pizza bestellt und auf dem großen Monitor den Lieblingsschocker der Schlüter geguckt. „*Godzilla*! Spitzenfilm, kennst du den?“, fragte Elli. Ich quetschte mich neben Frrk auf die Rückbank und nickte stumm. Klar, dass der Elli gefallen hatte. Erstens weil sie ansonsten fast überhaupt keine Filme kannte, außer Naturdokus und „Telekolleg Biologie“. Und dann handelte *Godzilla* auch noch von einer Riesenechse. Da war ihr als Reptilienfan sicher das Herz aufgegangen. Mir war aber nicht danach, über Monsterfilme zu quatschen, wo doch gerade ein echtes Monster im Anflug war.

„Du musst dich in den Fußraum ducken und ganz klein zusammenkauern. Denk dran, dass dich niemand sehen darf“, schärfte ich Frrk ein.

Aber der saß still da und schien in sich hineinzuhorchen. Offenbar tauschte er sich wieder mal mit seinem Bordcomputer aus. „Er ist schon ganz in der Nähe!“, blubberte er dann.

„Wer? Doch nicht etwa Zmrrx?", fragte Elli.

Frrk gab einen beklommenen Pfeifton von sich. „Doch. Es ist sehr wahrscheinlich, dass es sich um Zmrxx handelt. Ich habe meinen Bordcomputer darauf programmiert, mir zu melden, wenn ein raumschiffartiger Flugkörper in die Nähe der Erdatmosphäre kommt. Heute Morgen um 04.15 Uhr eurer Zeit ist ein solches Ereignis eingetreten. Das ist sehr viel früher, als ich erwartet hatte. Zmrrx wird schon bald hier landen. Ich bin sicher, dass sein Körperdetektor den Frosch und mich bereits geortet hat. Dafür ist sein Raumschiff uns inzwischen nahe genug."

Ich hörte den Frosch krampfhaft schlucken und auch mir kribbelte ganz schön der Magen. Die Verfolgungsjagd ging also tatsächlich los!

Elli tätschelte ihrem Vater aufmunternd den Arm. „Lass uns einfach so schnell wie möglich zur Schule fahren, Papa. Sobald ihr in den Körpern von Böhncke und Meisenkamp steckt, kann Zmrxx euch nicht mehr finden. Dann seid ihr erst mal in Sicherheit!"

Gehorsam startete der Frosch den Motor, aber im Rückspiegel konnte ich sehen, dass er die Stirn in Grübelfalten gelegt hatte. So sah er Elli wenigstens ein kleines bisschen ähnlich.

„Ich weiß immer noch nicht, ob das so eine gute Idee ist“, murmelte er besorgt, als wir auf die Landstraße einbogen. „Ich meine, diese Körperumwandlung. Ist das nicht gesundheitsschädlich? Und ist es auch wirklich sicher, dass sich der Transformationsprozess am Ende wieder rückgängig machen lässt? Ich möchte nicht den Rest meines Lebens im Körper von Dr. Böhncke verbringen …“ Im Rückspiegel sah ich, wie sein linkes Augenlid nervös zuckte.

Ich fragte mich, was ihn mehr aufregte: der Gedanke an Zmrrx – oder die Aussicht, in einen inkompetenten Hobbymathematiker verwandelt zu werden?

„Keine Sorge, mein lieber Freund Frosch“, blubberte Frrk beruhigend. „Körperumwandlungen sind vollkommen ungefährlich. Die Transformationsdauer liegt bei genau 48 Stunden. Danach erhalten wir unsere natürliche Gestalt automatisch zurück.“

„Notfalls können Sie auch einfach ein Käsebrot essen“, warf ich ein. Das stimmte wirklich: Wie wir bei Frrks letztem Besuch auf der Erde zufällig herausgefunden hatten, führte der Verzehr von Käse zu einer sofortigen Umkehrung von Körpertransformationsprozessen. Im Klartext: Beiß einfach in ein Stück Gouda, Edamer oder Gorgonzola und du verwandelst dich auf der Stelle wieder zurück.

Um kurz vor halb sieben hielten wir auf dem Lehrerparkplatz. Die Schule lag noch wie ausgestorben da. Ich kletterte aus dem Auto und guckte rüber zum Schulhof, der in der Morgensonne lag. Im Frühling und Sommer trafen sich dort manchmal ein paar Frühaufsteher unter den Oberstuflern, um vor dem Unterricht noch ein bisschen zu kicken. Aber heute war der Hof zum Glück gähnend leer. Kein Wunder, es war schweinekalt – ein Glück für uns. Als Nächstes schaute ich mich nach den EZA-Leuten um. Auf dem Schulgelände war keiner zu sehen, aber auf der Straßenseite gegenüber entdeckte ich einen Mann im schwarzen Trenchcoat, der Tauben mit Brotkrümeln fütterte. Dabei blickte er immer wieder verstohlen nach allen Seiten um. Ein paar Meter weiter ging ein Mann im gleichen Trenchcoat auf und ab und tat so, als würde er Nachrichten auf seinem Handy lesen. „Na super, echt unauffällig!", murmelte ich. Wir konnten bloß hoffen, dass Außerirdische keine Agententhriller guckten.

Mit vereinten Kräften schleppten wir Frrk in einem extra für diesen Zweck mitgebrachten Eimer zur Eingangstür. Schließlich sollte niemand mitkriegen, dass unsere Schule schon wieder Alien-Besuch hatte.

„Für den Rücktransport wünsche ich mir ein etwas größeres Gefäß!", maulte er.

„Psst!“, machte ich panisch. Eigentlich völlig unnötig, weit und breit war ja kein Mensch außer uns – abgesehen von den EZA-Agenten. Trotzdem, für mein Gefühl konnten wir gar nicht leise und unauffällig genug sein. Frühmorgens in die eigene Schule einzubrechen, macht eben schon ein bisschen kribbelig.

Dem Frosch schien auch nicht wohl zu sein. Dauernd guckte er sich nach allen Seiten um, und als wir endlich vor dem Schultor standen und er aufschließen sollte, rutschte ihm vor lauter Nervosität gleich zwei Mal der Schlüssel aus der Hand. KLIRR!!, hallte es über den Schulhof.

Ich kriegte ein komisches enges Gefühl im Hals. Plötzlich musste ich an unseren Hausmeister denken. „Oh Mann, hoffentlich hat der Tomasi nicht ausgerechnet heute den Einfall, schon ganz früh die Heizungsanlage zu reparieren oder so“, murmelte ich. Aber da kriegte der Frosch die Tür endlich auf und wir stolperten hastig in den Schulflur. „Na also!“, seufzte Elli im Flüsterton. „Und jetzt kommt endlich, wir müssen uns beeilen!“

Als wir Richtung Rektorenbüro eilten, klangen unsere Schritte unnatürlich laut in dem hallenden Gang. Im Gleichschritt marschierten wir vorbei an grau gestrichenen Klassenzimmertüren und endlosen Reihen von Garderobenhaken, an denen alle paar Meter eine vergessene Jacke hing. Das komische Gefühl im Hals hatte ich immer noch. Hier in der leeren Schule war mir sogar noch viel unwohler! Immerhin: Als wir am Büro der Rektorin ankamen, hatte der Frosch seine zittrigen Finger halbwegs unter Kontrolle. Der Generalschlüssel kratzte im Schloss, und schon waren wir drin.

Ich ging schon seit mehr als fünf Jahren auf diese Schule, aber im Rektorenzimmer war ich erst einmal gewesen. Nämlich in der Dritten, als ich mit Yunus Aslan in der Eingangshalle Turnbeutel-Weitwurf gespielt und dabei aus Versehen den von der Decke baumelnden Adventskranz abgeschossen hatte. Damals war ich aber viel zu aufgeregt gewesen, um mich genauer in Frau Koschwitz' Büro umzugucken. Das holte ich jetzt nach: Es war ein großer Raum voller Bücherregale und Aktenschränke. Draußen schien zwar die Sonne, aber hier drinnen war es noch schummrig, weil dicke weinrote Vorhänge die Fenster verdeckten. An einer Wand hing ein Spiegel mit Schnörkelrahmen und drum herum ein paar Dutzend Fotos – auf den meisten waren Schulklassen mit ihren Lehrern drauf. Unter den Fotos gluckerte ein Aquarium voller Guppys vor sich hin, und direkt gegenüber stand der riesige Schreibtisch von Frau Koschwitz. Er war aus blankpoliertem Holz und tipptopp aufgeräumt.

„Schönes Büro!“, bemerkte Elli anerkennend. Ohne zu zögern, ließ sie sich in den schokoladenbraunen Chefsessel vor dem Schreibtisch fallen und begann die Schubladen zu durchwühlen.

Der Frosch machte ein ängstliches Gesicht. „Leg bloß alles wieder dahin, wo du es hergenommen hast, Elli! Frau Koschwitz ist eine extrem ordnungsliebende Person. Jede noch so kleine Veränderung würde sie sofort bemerken!“

„Keine Panik, ich hab's schon“, sagte Elli und warf lässig eine schwarze und eine dunkelblaue Plastikmappe auf den Tisch. „Bitte schön: Joachim Böhncke und Florian Meisenkamp!“

Ich schnappte mir die beiden Bewerbungsmappen und blätterte darin. Es war genau so, wie wir gedacht hatten: Ganz oben auf den Lebensläufen klebten die Fotos der beiden. Sie zeigten einen ungefähr 50-jährigen Mann mit superkurzem Haar und grauem Anzug und einen jungen Typ mit braunen Ringellocken und Karohemd. Der Alte hatte ein Doppelkinn, am Hals des Jungen prangte ein riesiger Adamsapfel. So richtig hübsch waren sie also beide nicht. Allerdings sah man auf den Fotos bloß das Gesicht und ein Stück vom Oberkörper.

Mist, daran hatte ich gar nicht gedacht! Ob das für die Körpertransformationen ausreichen würde? Ich zeigte Frrk die Bilder. „Sie sind leider nicht ganz drauf. Glaubst du, dass es trotzdem klappt?"

Frrk nickte. „Ja. Der Transformator berechnet den Rest. Mach dich bereit, Frosch, ich gebe jetzt die Daten für die Umwandlung ein."

„Moment", sagte der Frosch. „Damit wir unsere Rollen auch einigermaßen überzeugend spielen, sollten wir uns erst einmal mit den Lebensläufen dieser Leute vertraut machen." Er griff sich Böhnckes Bewerbungsmappe. Kurz darauf schnaubte er triumphierend auf. „Wusste ich es doch! Hört euch bloß mal den Titel seiner Doktorarbeit an: ‚Die Mathematik des Einparkens am Beispiel mittelgroßer Personenkraftwagen'. Lächerlich!"

Während der Frosch vor sich hin raunzte, kramte ich in meinem Schulrucksack nach dem Transformator. Wo steckte der bloß? War er etwa unter meine Pausenbrotbox gerutscht? Blind wühlte ich zwischen Büchern und Heften herum und spürte plötzlich etwas Nasses an meinen Fingern. Verdammt: die Apfelschorle! Offenbar hatte ich in der Hektik vorhin die Kappe nicht richtig auf die Trinkflasche geschraubt. Der halbe Rucksack war durchweicht, und als ich endlich den Transformator herauszog, tropfte er. „Äh, der ist ein bisschen nass geworden ...", sagte ich schuldbewusst.

Frrk schnappte sich das Ding und tippte prüfend auf der Tastatur herum. „Das Gerät scheint funktionsfähig zu sein", stellte er zu meiner Erleichterung fest. „Es ist nur ein wenig klebrig. Hast du etwas, womit wir es reinigen können?"

Ich fischte ein angebrochenes Paket Taschentücher aus meiner Jacke und wischte den Transformator gründlich ab. „Meinst du, das reicht?", fragte ich.

Frrk tippte wieder und hielt die Fotos vor eine Art Scanner. „Alles ist bereit", sagte er dann. „Frosch, es kann losgehen!"

Der Frosch stand immer noch mit aufgestützten Armen über den Lebenslauf von Dr. Böhncke gebeugt und machte ein Gesicht, als hätte er gerade auf einen Center Shock gebissen. „Ganz im Ernst, Frrk: Es wäre mir lieber, wenn ich Herr Meisenkamp sein dürfte."

Frrk schüttelte bedauernd den Kopf. „Ich habe die Daten bereits unserem ursprünglichen Plan gemäß eingegeben. In zwanzig Sekunden erfolgt die Umwandlung. Du musst dich dafür an meine Seite stellen, Frosch."

Der Transformator machte jetzt ein Geräusch wie eine wütende Hornisse. Ich stellte mich neben Elli und kniff schon mal vorbeugend die Augen zu. Den Blitz beim Umwandeln kannte ich ja inzwischen. Lauter und lauter surrte der Transformator – so weit, so normal. Dann fing er plötzlich auch noch an zu rattern. Das hatte er bisher noch nie gemacht. Lag es etwa an der Apfelschorle? Misstrauisch öffnete ich ein Auge. Genau in diesem Moment schossen vier grellgelbe Blitze aus dem Gerät und hüllten das Büro in blendendes Licht. Sofort presste ich mein schmerzendes Auge wieder fest zu. Und dann spürte ich es: Ich wuchs! Genauer gesagt: Ich dehnte mich nach allen Seiten aus. Ich wurde länger, breiter, runder. Mein Kopf, meine Hände und meine Füße schwollen an, mein ganzer Körper prickelte, als würde ich in Brausepulver getaucht. Das alles passierte rasend schnell, nach wenigen Sekunden war der Spuk wieder vorbei. Was war passiert?

Ich öffnete die Augen und sah – mich selbst! Ich stand mir direkt gegenüber und guckte mich genauso entgeistert an, wie ich mich fühlte.

„Das war unzweifelhaft eine Fehlfunktion", hörte ich mich sagen. „Entgegen dem ersten Anschein hat der Transformator durch den Kontakt mit dem Fruchtsaftmischgetränk doch ernsthaften Schaden genommen."

Immer noch benebelt fragte ich mich, wieso ich auf einmal so komisches Zeug redete. Und dann begriff ich plötzlich: Das, was ich da sah, war zwar MEIN KÖRPER. Aber in meinem Körper steckte FRRK! Und sofort jagte mir brennend heiß eine Frage durch den Kopf: Wenn Frrk jetzt meinen Körper hatte – wo war dann ICH?

6. Das Körpertausch-Chaos

Ich blickte an mir herunter und sah einen riesigen Bauch, der sich unter einem weißen Hemd wölbte. Ich hob meine Hände vors Gesicht: Sie waren ungefähr so groß wie Schaufeln, mit kurzen, dicken Wurstfingern dran. „Was zum Geier ist hier los?“, stieß ich mit einer tiefen Brummstimme hervor.

„Scheiße, das möchte ich auch mal wissen!“, jammerte jemand neben mir. Erst jetzt merkte ich, dass hinter dem Schreibtisch, wo eben noch Elli gesessen hatte, ein langer, dünner Mann hockte. Er sah aus wie Herr Meisenkamp. Das musste der Frosch sein – oder?

„Äh, sind Sie das, Dr. Kaper?“, fragte ich verwirrt.

„Natürlich nicht! Ich bin hier“, hörte ich Ellis Stimme

sagen. Unbegreiflicherweise stand sie jetzt NEBEN dem Schreibtisch und starrte uns mit weit aufgerissenen Augen an.

„Ich schnall ab“, wisperte der Meisenkamp neben mir mit zitternder Stimme. „PAPA ist ICH geworden!“

„Ups“, sagte Frrk-Tom. „Ich fürchte, diese Transformation ist völlig anders verlaufen, als wir sie geplant hatten.“ Mein Hirn arbeitete auf Hochtouren, um zu begreifen, was hier gerade passiert war: Der Transformationsblitz hatte sich aufgespalten. Dann waren die Blitze am Spiegel mit dem Schnörkelrahmen abgeprallt – und hatten nicht nur Frrk, den Frosch und die Lehrerfotos erfasst, sondern auch Elli und mich. Frrk hatte sich daraufhin in mich verwandelt und Elli in Florian Meisenkamp. Der Frosch war zu Elli geworden – und ich zu Dr. Joachim Böhncke!

„Oh Mann, das kannst du laut sagen! Du musst das sofort wieder rückgängig machen, Frrk!“, jammerte Meisenkamp-Elli. Der riesige Adamsapfel unter ihrem spitzen neuen Kinn hüpfte vor Aufregung. Trotz des ganzen Schlamassels konnte ich einfach nicht anders: Ich kicherte los! Es klang, als würde der Weihnachtsmann lachen.

Der Frosch, der uns bisher bloß mit weit aufgerissenen Augen angestarrt hatte, trat auf den Spiegel zu und starrte hinein. „Ich kann es kaum glauben!“, hauchte er mit Ellis hoher Mädchenstimme. „Ich habe mich in meine eigene Tochter verwandelt! Wie überaus seltsam und faszinierend! Sehr wahrscheinlich bin ich das einzige Wesen im gesamten Universum, dem es vergönnt ist, diese Erfahrung zu machen.“

„Also, für DICH ist das vielleicht eine faszinierende Erfahrung“, brach es aus Meisenkamp-Elli heraus. „Aber für MICH ist es ein absoluter Albtraum! Ich will nicht, dass du ich bist! Auf gar keinen Fall!“

Ich setzte meine riesigen neuen Füße in Bewegung und stapfte ebenfalls zum Spiegel. Tja, eine Schönheit war dieser Böhncke nicht gerade. Aber irgendwie war es auch lustig, plötzlich ein Doppelkinn mit Dreitagebart zu haben. Grinsend fuhr ich mit der Hand darüber. Es kitzelte.

„Das ist ein äußerst brauchbarer menschlicher Körper. Leicht beweglich und trotz seiner Jugend recht muskulös“, hörte ich Frrk hinter mir. Er probierte gerade seine neuen Beine aus – also MEINE Beine –, was wesentlich besser klappte als damals, als er sich in Friederike verwandelt hatte. Offenbar hatte er in Sachen menschliche Fortbewegung einiges dazugelernt. Mich selbst im Zimmer auf- und abmarschieren zu sehen, war trotzdem seltsam.

„Danke schön, Frrk“, nahm ich sein Kompliment entgegen.

„Genau deswegen hätte ich ihn gern so schnell wie möglich zurück."

Frrk schüttelte bedauernd den Kopf. „Du weißt, dass das unmöglich ist, Tom. Der Transformator kann die Umwandlung nicht wieder rückgängig machen. Sie wird exakt 48 Stunden anhalten."

Elli schnappte sich entschlossen ihren Schulrucksack, stopfte die Bewerbungsmappen von Böhncke und Meisenkamp hinein und stakste auf ihren neuerdings ziemlich langen, dünnen Beinen zur Tür. „Dann lade ich euch jetzt alle zu uns nach Hause ein – auf ein großes Käsefrühstück! Ich hab gestern erst frischen Gouda gekauft. Komm mit, Papa!"

Das war wohl tatsächlich die beste Lösung, überlegte ich, während Frrk, der Frosch und ich hinter der voranstürmenden Elli den Flur hinuntertrabten. Ein paar Happen Käse würden die missglückten Verwandlungen sofort rückgängig machen, und dann konnten wir es einfach noch mal versuchen. Jedenfalls wenn Frrk es schaffte, den kaputten Transformator zu reparieren. Oh Mann, diese verflixte Apfelschorle!

In diesem Moment hörte ich, wie sich zwei Flure vor uns die Eingangspforte öffnete. Klackernde Schritte ertönten und näherten sich rasch.

„Mist!“, stieß Meisenkamp-Elli mit kieksender Jungmännerstimme hervor. „Los Leute, rennt!“

Wir machten auf unseren Absätzen kehrt und stürmten den Gang hoch. In meinem neuen Körper war das allerdings nicht gerade leicht, schließlich schaukelte jetzt der riesige Böhncke-Bauch vor mir hin und her. Schon nach wenigen Schritten fing ich an zu schnaufen, als hätte ich Blei in den Beinen. Aber es war sowieso zu spät zum Abhauen.

„Was machen Sie denn da!?“, rief eine weibliche Stimme hinter uns her. Sie gehörte unserer Rektorin: Frau Koschwitz.

Ich stoppte und fuhr schuldbewusst herum. „Äh, also, wir ... wir machen ... gar nichts! Wir spielen hier bloß ein bisschen, bis die Schule anfängt“, stotterte ich. Noch während ich redete, wurde mir klar, dass das aus dem Mund eines dicken alten Mathelehrers ziemlich seltsam klingen musste.

„Er meint, wir und die Kinder!“, warf sich Meisenkamp-Elli dazwischen. „Herr Dr. Böhncke und ich haben eben auf dem Schulhof diese beiden netten Schüler hier getroffen“ – Elli zeigte auf Frrk-Tom und Frosch-Elli –, „und da dachten wir, wir lernen uns am besten gleich mal kennen. Und deswegen spielen wir gerade ... äh, Fangen mit ihnen.“ Sie gab ihrem schlaksigen neuen Körper einen Ruck und ging mit ausgestreckter Hand auf Frau Koschwitz zu. „Darf ich mich vorstellen: Florian Meisenkamp, Ihr neuer Musikreferendar. Und das ist Doktor Joachim Böhncke, der Vertretungslehrer für Herrn Doktor Kaper. Sie müssen Frau Koschwitz sein, richtig?“ Verdattert schüttelte Frau Koschwitz, eine große Frau mit Hosenanzug und perfekt geföhnter Lockenfrisur, die ausgestreckte Meisenkamp-Hand. Und ich war mal wieder schwer beeindruckt von Ellis Schauspieltalent und ihrer Gabe, sich für jede brenzlige Situation eine rettende Geschichte aus den Fingern zu saugen.

„Tja, also, sehr erfreut", lächelte Frau Koschwitz immer noch etwas verwirrt. Eigentlich ist sie ganz nett. Sie mag es bloß nicht, wenn irgendetwas Unruhe oder Unordnung an ihre geliebte Schule bringt. Als ich damals den Adventskranz abgeschossen hab, hat sie mir ZWEI WOCHEN Mülldienst aufgebrummt. Das bedeutete, dass ich in einer orangefarbenen Warnweste mit einem Müllgreifer bewaffnet auf dem Schulhof rumlaufen und alle fallen gelassenen Trinkpäckchen und Schulbrottüten aufklauben musste. „Ich mache das nicht, um

dich zu bestrafen, Tom. Mir geht es darum, dass du lernst, dich ordentlich und verantwortungsbewusst zu verhalten. Das gilt für den Hofmüll genauso wie für Adventskränze!“, hatte sie mir damals erklärt. Auch jetzt sah man ihr an, dass sie überlegte, ob sie uns das Fangenspielen im Schulflur so einfach durchgehen lassen konnte. Aber weil Meisenkamp und Böhncke neu waren, beschloss sie wohl, ein Auge zuzudrücken.

„Das ist ja schön, dass Sie beide sofort Freundschaft mit unseren Schülern schließen“, sagte sie etwas freundlicher. „Aber wie sind Sie denn überhaupt hier hereingekommen? Normalerweise ist das Schultor um diese Zeit noch abgeschlossen.“ Jetzt schaltete sich der Elli-Frosch ein, der bisher bloß stumm neben Frrk-Tom gestanden und Bauklötze gestaunt hatte. „Die Tür war einfach offen. Ich glaube, Herr Tomasi hat aufgeschlossen, weil er schon ganz früh etwas an der, äh, Heizungsanlage reparieren wollte.“

Nicht schlecht, dachte ich. So viel Geistesgegenwart hatte ich dem Frosch gar nicht zugetraut.

Frau Koschwitz schien die Story tatsächlich zu schlucken, jedenfalls entspannten sich ihre Gesichtszüge etwas. „Na, dann kommen Sie doch gleich mit in mein Büro. Wir müssen ja ohnehin noch Ihre Stundenpläne durchgehen. Später stelle ich Sie dann dem Kollegium und Ihren Klassen vor.“

Dann wandte sie sich an Frrk-Tom und Frosch-Elli. „Und ihr beide geht bitte zurück auf den Schulhof. Husch, hinaus mit euch!“

Elli und ich guckten unseren Körpern hinterher, die – von Frrk und dem Frosch gesteuert – den Flur hinuntergingen und Richtung Schultor abbogen. Dass Zmrrx die beiden jetzt nicht mehr aufspüren konnte, war zwar beruhigend. Aber der Gedanke, dass Frrk als ich verkleidet auf dem Schulhof herumspazierte und Frrk-Sachen machte, ließ mir kleine Schweißperlen auf die Stirn treten. Ein Seitenblick auf Elli sagte mir, dass sie in Bezug auf den Frosch ganz ähnliche Gedanken hatte.

7. Wie der Hulk mich rettete

„Setzen Sie sich doch bitte“, sagte Frau Koschwitz und deutete auf die beiden Stühle vor ihrem Schreibtisch. Mir war danach: Meine Hände schwitzten und meine Knie zitterten vor lauter Aufregung. Wer das uncool findet, soll sich bitte mal vorstellen, wie es sich anfühlt, mir nichts, dir nichts in einen Mathelehrer verwandelt zu werden. Außerdem war mein Blick beim Reinkommen sofort auf den Transformator gefallen, der mitten auf dem Schreibtisch der Koschwitz liegen geblieben war. Völlig neben der Spur ließ ich mich auf den Stuhl plumpsen – jedenfalls hatte ich das vor. Nur leider hatte ich mich noch nicht an meine neuen Körpermaße gewöhnt und den Winkel zwischen Hintern und Sitzfläche falsch eingeschätzt. Hart schlug ich auf dem Boden auf, wo ich wie ein fetter Maikäfer liegen blieb und mit den Beinen ruderte.

„Aua!", schrie ich, was schon wieder nicht besonders lehrermäßig klang.

„Oh, Dr. Böhncke! Ist alles in Ordnung mit Ihnen?", rief die Koschwitz erschrocken und sprang von ihrem Schreibtischsessel auf. Scheinbar hatte sie Panik, dass der mit Mühe an Land gezogene Mathe-, Chemie- und Physiklehrer ihr schon am ersten Tag kaputtging. Meisenkamp-Elli beugte sich eilig über mich und zog mich hoch. „Reiß dich zusammen!", zischte sie mir dabei ins Ohr. „Der Transformator! Er liegt direkt vor der Koschwitz!", raunte ich zurück.

Aber als wir wieder auftauchten, hatte die Koschwitz den Transformator schon in der Hand. Sie betrachtete ihn stirnrunzelnd. „Was ist das für ein Ding? Und wie kommt es hierher?", fragte sie stirnrunzelnd. Blitzschnell überlegte ich, einfach zu behaupten, das Ding gehöre mir. Doch da hellte sich die Miene der Rektorin schon wieder auf. „Ach, jetzt weiß ich: Das ist endlich die neue Fernbedienung für unseren Videobeamer. Die alte war kaputt, deswegen konnten wir ihn seit Monaten nicht benutzen. Wahrscheinlich hat der Hausmeister sie vorhin auf meinen Schreibtisch gelegt. Na, da fängt der Tag ja gut an!"

Bei dem Gedanken, dass irgendein ahnungsloser Lehrer demnächst versuchen würde, mit Frrks Körpertransformator den Beamer zu starten, wurde mir schwindelig. Wir mussten das Teil unbedingt zurückbekommen!

Frau Koschwitz legte den Transformator vor sich auf einen Aktenstapel und zog zwei Stundenpläne hervor, die sie uns über den Schreibtisch zuschob. „Tja, meine Herren: Sie sehen, Sie haben gleich am ersten Tag eine Menge zu tun", sagte sie. „Sie, Dr. Böhncke, habe ich ab acht Uhr für eine Doppelstunde Mathematik in der 5c eingeplant."

Ach, du dickes Ei: Das war meine eigene Klasse! Die waren alle total aufgeregt, weil die Koschwitz schon angekündigt hatte, dass wir nächste Woche einen großen Test schreiben würden. Und das, obwohl wir wegen dem Weltraumtrip vom Frosch dauernd Unterrichtsausfall gehabt hatten. Ich grinste Frau Koschwitz an und zermarterte mir dabei das Hirn, wie ich aus der Nummer wieder rauskommen konnte. Dass ich den anderen Bruchrechnung beibrachte, war jedenfalls ausgeschlossen, die kapierte ich schließlich selber nicht. „Wir sind sehr glücklich, dass wir Sie als Aushilfslehrer für Herrn Dr. Kaper gewinnen konnten, Herr Dr. Böhncke. Ich kann Ihnen sagen, ich habe lange nach jemand Passendem gesucht." Frau Koschwitz strahlte mich an und wandte sich dann Elli zu.

„Und Sie, lieber Herr Meisenkamp, kommen gleich mit mir in die Aula zur Probe des Schulorchesters. Wir haben morgen einen großen Auftritt auf dem Stadtfest, wissen Sie. Ich kann Ihnen gar nicht sagen, wie sehr wir uns freuen, mit Ihnen endlich wieder einen erfahrenen Orchesterleiter im Haus zu haben. Und dass Sie zusätzlich auch noch brillant Klavier spielen, ist natürlich ein echtes Sahnehäubchen!"

Aus dem Augenwinkel sah ich Elli blass werden. Sie war zwar eine Musterschülerin mit lauter Einsen in Deutsch, Englisch und Bio. Aber musikalisch war sie nicht gerade. Singen konnte sie jedenfalls kein bisschen – das wusste ich von ihren grauenvollen Versuchen, meine Lieblingssongs von Ed Sheeran mitzuträllern. Okay, immerhin hatte sie auf der letzten Adventsfeier „Jingle Bells" auf der Blockflöte vorgespielt, aber das hatte unsere Klassenlehrerin nach der zweiten Strophe abgebrochen.

„Oh, okay ...", murmelte Meisenkamp-Elli und rutschte unbehaglich auf dem Stuhl hin und her. „Ich weiß bloß nicht, ob ich gleich heute schon ... Ich meine, ich würde in der ersten Stunde gern erst mal ein bisschen zugucken ..."

Frau Koschwitz nickte verständnisvoll. „Ich kann verstehen, dass das alles sehr aufregend für Sie ist, lieber Herr Meisenkamp. Schließlich kommen Sie ganz frisch vom Musikkonservatorium und haben noch wenig Lehrerfahrung. Ich würde vorschlagen, Sie tun erst einmal das, was Sie am besten können und spielen uns zur Begrüßung ein paar Stücke am Klavier vor. Da sind Sie gleich in Ihrem Element! Dann verfliegt Ihre Nervosität ganz schnell, meinen Sie nicht auch?"

Eine unbehagliche Viertelstunde später stiefelten wir hinter Frau Koschwitz her, die angekündigt hatte, uns jeweils zum Klassenzimmer und in die Aula zu begleiten.

„Wusstest du, dass dieser Meisenkamp das Schulorchester leiten soll?", wisperte ich Elli zu.

„Natürlich nicht", flüsterte sie zurück. „Der Typ ist Referendar! Ich dachte, der lässt sich von Zweitklässlern was auf Bongotrommeln vorspielen oder so."

Mir wurde klar, dass wir eigentlich Glück hatten, dass nicht Frrk, sondern Elli zu Meisenkamp geworden war. Sie war zwar keine Pianistin, aber im Gegensatz zu unserem grünen Freund konnte sie ein Klavier wenigstens von einer Waschmaschine unterscheiden.

Vor dem Klassenraum der 5c stoppten wir. Frau Koschwitz öffnete schwungvoll die Tür und marschierte federnd hinein: „Guten Morgen, liebe 5c!" Elli und ich trotteten mit hochgezogenen Schultern hinterher. Ich scannte die Sitzreihen ab und entdeckte an Ellis und meinem Tisch – mich und Elli. Frrk und der Frosch waren also pünktlich zum Unterricht erschienen. Das war schon mal gut: Hier in der Klasse hatte ich sie wenigstens unter Kontrolle.

Um den Tisch von Jonas – dem beliebtesten Jungen der Klasse und meinem Lieblingsfeind – drängten sich heute noch mehr Schüler als sonst. Offenbar, weil er verbotenerweise sein Smartphone eingeschaltet hatte. Alle glotzten auf den winzigen Bildschirm. Wenn nicht mal die Stimme unserer Schulrektorin sie aufschreckte, musste das, was sie da sahen, ziemlich faszinierend sein. Ich tippte auf Katzenvideos.

„Sehe ich da etwa ein Handy?“, rief die Koschwitz streng. „Ihr wisst genau, dass es verboten ist, die Dinger in der Schule einzuschalten. Her damit, aber sofort.“

„Aber da läuft gerade was total Wichtiges in den Nachrichten, Frau Koschwitz“, verteidigte sich Jonas. „Irgendwo in der Nähe von Kuhstedt ist vor ’ner Stunde ein Meteorit runtergekommen! So ein riesiges, orangenes Ei, voll krass – das halbe Dorf hat das Ding über den Himmel fliegen sehen, und dann ist es in so einer hammersteilen Kurve …“

Nina Rückert, immer noch tief über das Smartphone gebeugt, rief aufgeregt dazwischen: „Aber das Krasseste ist: Die Feuerwehr kann diesen Meteoriten nirgendwo finden! Ist das nicht komisch? Das muss doch voll das fette Teil gewesen sein ..."

Elli warf mir einen alarmierten Blick zu. Sie dachte natürlich dasselbe wie ich: Dieses orangefarbene „Ei" war ganz sicher kein Meteorit gewesen – sondern ein Raumschiff! Und das bedeutete, dass wir ab jetzt jederzeit damit rechnen mussten, dass Zmrrx auftauchte. Auch wenn er Frrk und den Frosch in ihren neuen Körpern nicht mehr orten konnte – ihre Spur endete hier in der Schule. Todsicher, dass er hier nach ihnen suchen würde.

Frau Koschwitz baute sich vor Jonas auf und streckte auffordernd die Hand aus. „Und wenn der komplette Himmel auf Kuhstedt fällt: An dieser Schule herrscht Smartphone-Verbot! Dieses Handy ist für heute konfisziert. Du kannst es dir nach Schulschluss bei mir im Rektorenzimmer abholen."

Mit saurem Gesicht reichte Jonas ihr das Handy. Frau Koschwitz ließ es in die Tasche ihres Hosenanzugs gleiten und drehte sich dann zur Klasse um. Inzwischen hatten sich alle auf ihre Plätze gesetzt.

„Das ist euer neuer Mathelehrer: Herr Dr. Böhncke", stellte Frau Koschwitz mich vor. „Er ist ein sehr erfahrener Pädagoge und ein echter Spezialist darin, Schüler für das Fach Mathematik zu begeistern. Er wird Dr. Kaper vertreten, bis er von seiner Reise ins Weltall zurück ist. Tja, und da der Planet, den Herr Kaper besucht, mehrere Millionen Lichtjahre weit weg ist, dürfte das wohl eine ganze Weile dauern. Viel Spaß wünsche ich!“ Sie winkte und zog ab, mit einer sehr unglücklich guckenden Meisenkamp-Elli im Schlepptau.

Da stand ich nun und guckte in die Gesichter meiner Klassenkameraden. Sie guckten wenig begeistert zurück. Ich räusperte mich. „Äh, hallo. Ich bin dann wohl euer neuer Mathelehrer." Danach fiel mir nichts Sinnvolles mehr ein. Ein langes Schweigen entstand. Nach einer Weile hob Ayda Birol den Finger. „Wollen wir nicht eine Vorstellungsrunde machen?", fragte sie. „Das machen jedenfalls die anderen Lehrer immer in der ersten Stunde." Daran hatte ich schon gedacht, die Idee aber gleich wieder verworfen, weil mir Frrk eingefallen war. Frrk war absolut unfähig, sich zu verstellen. Auch wenn er ab jetzt eigentlich so tun musste, als wäre er ich – wahrscheinlich würde er sich der Klasse trotzdem mit „Hallo, ich bin Frrk vom Planeten Tmllp" vorstellen.

„Ach nee, lieber nicht", murmelte ich. „Genau, ist doch Zeitverschwendung", warf Jonas ein, ohne sich zu melden. „Wir sollten lieber anfangen, für den Test nächste Woche zu lernen. Ich hab in Bruchrechnung überhaupt keinen Check, weil wir dauernd Mathe-Ausfall hatten, seit unser letzter Lehrer mit diesem Alien abgehauen ist. Und ich hab keine Lust, deswegen schlechte Noten zu kassieren! Können Sie uns jetzt bitte mal erklären, wie man Brüche auf einen Hauptnenner bringt?"

Das war mal wieder typisch Jonas. Er war ein echter Meister darin, mir Probleme einzubrocken. Sogar, wenn er mich gar nicht erkannte.

„Okaaay", sagte ich gedehnt. Ich griff mir Jonas' Mathebuch und blätterte ziellos darin herum. „Hauptnenner, klar … Eigentlich voll einfach, aber …" Ich klappte das Buch zu und traf eine Entscheidung. Schließlich war ich hier der Lehrer und hatte also die totale Macht. „Der Test ist hiermit abgesagt! Wie wär's mit 'nem Film?"

So skeptisch meine Mitschüler mich eben noch angeguckt hatten, so begeistert waren sie jetzt. Alles brach in Jubel aus und feierte mich. „Korrekt, Dr. Böhncke!" – „Geil, meinetwegen kann der Kaper für immer im All bleiben!" – „Dr. Böhncke, können wir aufm Smartboard Netflix streamen?"

„Ruuuhe!", schrie eine schrille Mädchenstimme. Es war die von Elli. Alle drehten sich verdattert nach ihr um. Dass es in Wirklichkeit der Frosch war, der so rumbrüllte, wussten die anderen ja nicht. „Ich will kein Spielverderber sein, aber das geht nun wirklich zu weit! Du kannst … äh, Sie können doch nicht einfach den Test abblasen. Diese Arbeit ist für den gesamten Jahrgang verbindlich vorgeschrieben. Und wenn Sie nicht in der Lage sind, diesen Kindern Bruchrechnung beizubringen, dann werde ich das eben übernehmen. Hefte raus!"

Die Frosch-Elli stand von ihrem Platz neben Frrk auf und marschierte nach vorn zum Lehrerpult.

Wow, dachte ich. Der Frosch hatte es gerade geschafft, den Ruf seiner Tochter innerhalb von nur zwanzig Sekunden komplett zu ruinieren. Das war bitter für die echte Elli: Seit unserem letzten Abenteuer mit Frrk war sie im Ansehen unserer Mitschüler stark gestiegen. Schließlich hatte sie jetzt ein leibhaftiges Alien zum Freund – und mich. Vor zwei Wochen hatte Nina Rückert, das beliebteste Mädchen der Klasse, sie sogar zu ihrer Geburtstagsparty eingeladen. Das wäre früher, als Elli für alle bloß die Streberin mit den komischen Hobbys war, völlig undenkbar gewesen. Das alles stand jetzt plötzlich auf dem Spiel – wovon der Frosch natürlich keinen blassen Schimmer hatte.

„Sag mal, Elli, tickst du nicht sauber? Seit wann hast du zu bestimmen, ob wir Mathe machen oder nicht?“, empörte sich Nina.

„Du sagst es! Jetzt dreht die Streber-Tusse völlig durch. Die ist genauso durchgeknallt wie ihr Vater“, lästerte Jonas Höppner. Dass Elli die Tochter vom Frosch war, hatte sich nach der Sache mit Frrk natürlich auch rumgesprochen. Vorher hatte sie das in der Schule immer verheimlicht, weil es ihr peinlich war. Die Frosch-Elli stand mit in die Hüften gestemmten Armen vor der Klasse und starrte abwechselnd Nina und Jonas an. „Was meint ihr mit ‚durchgeknallt'? Ich bin doch völlig normal. Also … Dr. Kaper. Ich meine, mein Papa."

Jonas lachte höhnisch. „Der und normal? Der ist doch selber ein halbes Alien mit seinem blöden Mathe-Fimmel. Der macht ja den ganzen Tag nix anderes, nicht mal in seiner Freizeit! Sogar die anderen Lehrer finden das komisch. Und dann trägt der Spinner auch noch jeden Tag dieselben Klamotten!"

Ich grinste in mich hinein. Ausgerechnet Jonas, der sich sonst immer beim Frosch einschleimte, um bessere Noten zu kriegen!

Aber der Frosch war viel zu überrascht, um sauer zu werden. „So seht ihr mich also? Als unsympathischen Kauz?", murmelte er. Er schien ernsthaft betroffen zu sein.

Mir fiel wieder ein, dass ich jetzt ja der Lehrer war. Also beschloss ich, der Sache ein Ende zu machen. Ich ging zur Frosch-Elli hinüber und legte ihr eine Hand auf die Schulter. „Sooo schlimm ist es nun auch wieder nicht", sagte ich tröstend. „Am besten setzt du dich einfach wieder auf deinen Platz und guckst dir mit den anderen den Film an, okay?"

Johlende Zustimmung aus der Klasse. Ganz hinten meldete sich Frrk. Das heißt: Er hob MEINEN Arm und sagte mit MEINER Stimme: „Ich würde auch sehr gerne einmal einen sogenannten Film sehen. Da, wo ich herkomme, kennen wir so etwas nämlich nicht." Na super! Frrk hatte scheinbar völlig vergessen, dass er so tun musste, als wäre er ich, solange er in meinem Körper steckte.

Und die Steilvorlage, die er Jonas gerade geliefert hatte, ließ der sich natürlich nicht entgehen. „Armer Tom! In seinem Kuh-Kaff sind Fernsehen und Internet wohl noch nicht erfunden ..."

„Ruhe!", rief ich und staunte selber, wie laut und streng ich mit der Böhncke-Stimme klang. „Wir gucken den Film nur, wenn ihr ab jetzt alle die Klappe haltet, klar? Das gilt besonders für Jonas. UND FÜR TOM!"

Den Rest der Doppelstunde guckten wir friedlich zusammen *Avengers*, denn den kannte ich noch nicht. Der Film war so super, dass ich fast vergaß, dass auch hinter uns gerade ein verrückter Mutant mit Superkräften her war.

Bloß Frrk-Tom störte ab und an, weil er nicht kapierte, dass das Ganze bloß gespielt war. „Ich hätte nicht gedacht, dass Menschen zu solchen Taten fähig sind! Und auch nicht, dass sie so groß und grün werden können", rief er bewundernd aus, während auf dem Smartboard der Hulk ein riesiges Luftschiff zu Klump haute.

„Psst!“, machte ich warnend.

Aber nach der großen Schlacht am Schluss konnte er sich trotzdem den Kommentar nicht verkneifen, dass es garantiert mehrere Erdenjahre dauern würde, die ganzen kaputten Autos und Häuser wieder wegzuräumen. Ich gab auf, ließ ihn reden und arbeitete insgeheim schon an einer plausiblen Erklärung für den Quatsch, den er in meinem Namen verzapfte: Sobald ich meinen Körper wiederhatte, würde ich in der ganzen Schule rumerzählen, dass mir an diesem Montag auf dem Schulweg ein fetter Ast auf den Kopf gefallen war, ich mich aber trotz Gehirnerschütterung heldenhaft zur Schule geschleppt hatte. Aber das konnte warten.

„Eigentlich“, dachte ich, während ich mit den Füßen auf dem Pult zuguckte, wie Thor den fiesen Loki vermöbelte, „eigentlich ist Mathelehrer gar kein übler Beruf.“

8. Noch ein Vater-Sohn-Gespräch

Als die Doppelstunde um war, hatte ich ziemlich gute Laune. Das war doch super gelaufen! Jetzt hatte ich nur noch je eine Doppelstunde Physik und Chemie in der 6c und der 7a, aber die ließen sich problemlos mit *Avengers* II und III füllen. Pfeifend schlenderte ich hinter Frrk und dem Frosch her, die in Gestalt von mir und Elli Richtung Pausenhof gingen. Unauffällig schob ich mich an den Frosch heran und flüsterte ihm zu: „Passen Sie bloß auf, dass er da draußen nicht anfängt, Fliegen zu futtern und von seinem Heimatplaneten zu erzählen. Ich will nicht seinetwegen in der Klapse enden." Erst kurz vor dem Schultor fiel mir ein, dass Lehrer gar nicht auf dem Schulhof Pause machten, sondern im Lehrerzimmer. Den Gedanken, da mit lauter Erwachsenen herumzusitzen, fand ich zwar nicht so prickelnd. Andererseits würde ich dort wahrscheinlich Elli treffen, und die musste ich dringend sprechen. Vielleicht hatte sie inzwischen herausbekommen, ob Zmrrx schon aufgetaucht war?

Beim Gedanken an unseren Verfolger verdüsterte sich meine Stimmung schlagartig. Wenn er heute Morgen in der Nähe von Kuhstedt gelandet war, konnte es gut sein, dass er es inzwischen zur Schule geschafft hatte. Vielleicht hatte er sich ganz klein gemacht und heimlich in einen Bus Richtung Hildeshagen geschmuggelt? Tmllper konnten so etwas, das wusste ich von Frrk. Entschlossen lenkte ich meine Schritte Richtung Verwaltungstrakt: Wir mussten den Kerl unbedingt finden, bevor er Frrk und den Frosch auf die Schliche kam.

Im Lehrerzimmer schlug mir warme, muffige Luft mit starkem Kaffeearoma entgegen. An einem langen Tisch hockte ein gutes Dutzend Lehrer und redete murmelnd durcheinander. Als ich eintrat, drehten sich alle Köpfe zu mir. Elli stand in Gestalt von Herrn Meisenkamp und mit unglücklichem Gesicht am Fenster neben Frau Koschwitz. Die war anscheinend sehr erfreut mich zu sehen und rief: „Ah, da ist ja unser zweiter Neuzugang! Darf ich vorstellen, liebe Kolleginnen und Kollegen: Dr. Joachim Böhncke, die Vertretungskraft für den bis auf Weiteres verschollenen Roland Kaper."

Jetzt klatschten die Lehrer und guckten mich erwartungsvoll an. Wahrscheinlich war es üblich, am ersten Tag Kuchen mitzubringen. Tja, da musste ich sie leider enttäuschen.

Verlegen grinste ich in die Runde. „Hallo. Äh, der Kuchen ist mir heute Morgen leider im Ofen verbrannt. Aber falls jemand ein Kaugummi möchte ..." Ich kramte in meinem Rucksack und zog eine angebrochene Packung Bazooka Gums hervor.

Pfeilschnell kam Meisenkamp-Elli auf mich zugestakst und schnappte sich eins. Offenbar war sie heilfroh, auf diese Art der Koschwitz zu entkommen. „Hmm lecker, vielen Dank Dr. Böhncke! Wenn ich Sie kurz mal unter vier Augen sprechen dürfte ..." Sie packte mich am Arm und zog mich hinaus auf den Gang.

„Schon irgendwas Neues von Zmrrx?", fragte sie gespannt. Ich zuckte meine riesigen neuen Schultern. „Keine Ahnung, ich war die ganze Zeit in der Klasse. Die Schlüter hat doch gesagt, dass ihre Leute sich sofort bei uns melden, wenn ihnen was Ungewöhnliches auffällt." Die EZA-Agenten wussten zwar nicht, dass statt Frrk und dem Frosch jetzt Elli und ich in den Lehrerkörpern steckten, aber das konnte denen ja egal sein. Im Gegensatz zu uns.

„Und, wie ist es gelaufen?“, fragte ich neugierig.

„Was meinst du?“, murmelte Elli.

„Na, deine erste Unterrichtsstunde!“

Sie guckte auf die Spitzen ihrer braunen Herrenlederschuhe und schnaubte. „Es war eine totale Katastrophe! Die Koschwitz hat mich fast die ganze Doppelstunde über nicht aus den Augen gelassen. Sie wollte unbedingt, dass ich vor der Orchesterprobe etwas auf dem Klavier vorspiele.“

Jetzt war ich wirklich gespannt. „Und? Hast du?“

Elli schnaubte noch mal. „Was blieb mir anderes übrig? Das Einzige, was ich halbwegs kann, ist ‚Alle meine Entchen‘. Also hab ich das gespielt.“

Ich konnte mir lebhaft vorstellen, wie das Gesicht der Koschwitz bei Ellis Geklimper versteinert war. „Danach hab ich noch ein bisschen in die Tasten gehauen und behauptet, das sei eine wahnsinnig moderne Komposition, für die ich auf dem Konservatorium einen Preis gewonnen hätte. Die Orchesterschüler haben sich krankgekichert hinter ihren Notenständern! Aber Frau Koschwitz hat hinterher behauptet, sie fände es ‚hochinteressant‘. Allerdings hat sie dabei ziemlich böse geguckt.“

„Na, immerhin hat sie dich nicht gleich wieder gefeuert", sagte ich aufmunternd. „Wieso regst du dich also auf?"

Elli machte ein Zahnschmerzgesicht. „Weil mir Frau Koschwitz, bevor sie aus der Aula gerauscht ist, noch einen Riesenstapel Noten in die Hand gedrückt hat und einen Ablaufplan für den Auftritt beim Stadtfest morgen! Da soll ich erst selber was auf dem Klavier vorspielen und dann das Orchester leiten. ‚Aber dann bitte etwas weniger modern, Herr Meisenkamp! Spielen Sie doch was von den ‚Beatles', das kommt immer gut an'", äffte sie die Koschwitz nach. Dann schlug sie sich die Hände vors Gesicht und imitierte einen Heulkrampf. „Ich kann da morgen nicht auftreten, Tom! Das wird eine totale Blamage – für die Schule UND für den echten Herrn Meisenkamp. Der arme Mann! Auf solchen Festen ist doch immer die Lokalpresse da. Meisenkamps Karriere wird sich von meinem Auftritt wahrscheinlich nie mehr erholen!"

Ich klopfte Elli aufmunternd auf den Rücken. „Pass auf: Sobald wir aus der Schule raus sind, machen wir dieses Körperchaos mit ein bisschen Käse wieder rückgängig." Wenn es nach mir ging, konnte das allerdings noch warten bis nach *Avengers II* und *III*.

Natürlich wollte Elli auch wissen, wie es bei mir gelaufen war. Den superpeinlichen Auftritt vom Frosch als Spielverderber-Elli ließ ich lieber aus. Wie der fiese Jonas über ihren matheverrückten Vater abgelästert hatte, erzählte ich ihr aber. Elli regte sich so fürchterlich auf, dass ihr Meisenkamp-Adamsapfel hüpfte. „Dieser Mistkerl hat doch überhaupt keine Ahnung von Papas Arbeit", schimpfte sie. „Weiß der eigentlich, dass Papa schon dreimal für den Grand Prix de Division nominiert war?" Komisch, dachte ich. Dabei beschwerte Elli sich sonst selber dauernd, dass der Frosch immer nur über seinen Formeln hing.

„Entschuldigen Sie? Ich suche Herrn Böhncke", hörte ich da eine vertraute Stimme rufen. Ein großer Mann mit weißem Hemd und Jeans kam auf uns zu. Es war mein Vater.

Verdammt, den hatte ich völlig vergessen! Papa war nun wirklich der Letzte, mit dem ich mich an diesem verrückten Morgen unterhalten wollte. Ich warf Elli einen hilfesuchenden Blick zu. Aber weil mein Vater seit der Trennung meiner Eltern fast immer in Hamburg war, hatte sie ihn noch nie zu Gesicht bekommen. Sie lächelte ein höfliches, breites Meisenkamp-Lächeln und zeigte auf mich. „Das hier ist der Kollege Böhncke. Worum geht es denn?" Papa zog seine rechte Hand aus der Hosentasche und streckte sie mir hin. „Stüwe, guten Tag. Ich nehme an, mein Sohn Tom hat mich schon angekündigt?"

Ich schüttelte seine Hand und überlegte dabei, was ich mit ihm anfangen sollte – ausgerechnet jetzt, wo Zmrrx wahrscheinlich schon um die Schule schlich! Andererseits, fiel mir ein, war es ja pures Glück für mich, dass er gerade heute kam. Als Böhncke konnte ich ihm das Blaue vom Himmel vorschwärmen über meine tollen Matheleistungen und damit alle seine Bedenken zerstreuen. Jedenfalls bis zum nächsten Zeugnis. Ich beschloss, einfach das Beste aus der Sache zu machen und die Suche nach Zmrrx erst mal der EZA zu überlassen.

„Sehr erfreut. Ich heiße Dr. Böhncke", sagte ich genauso förmlich, so wie es sich bei Erwachsenen immer anhört. „Am besten gehen wir ins Klassenzimmer, da können wir uns schön in Ruhe über Tom unterhalten."

Im Vorbeigehen raunte ich Elli noch zu: „Versuch rauszukriegen, ob die EZA-Leute Zmrrx schon gesichtet haben. Und halt mich auf dem Laufenden!" Ich winkte ihr über die Schulter einen Abschiedsgruß zu und ging voran zu unserer Klasse.

„Wollen wir Tom nicht dazuholen?", fragte Papa, während er neben mir herlief.

„Nee, bloß nicht!", entfuhr es mir. Schließlich konnte Frrk nicht mal zehn Sekunden lang überzeugend so tun, als wäre er ich. „Ich meine, ähm … der Junge braucht dringend seine Pause! Wir hatten gerade eine wahnsinnig anstrengende Mathedoppelstunde, und Tom hat sich mal wieder total reingehängt. Er ist mein bester Schüler, aber manchmal mach ich mir Sorgen, dass er es übertreibt mit der dauernden Rechnerei."

Inzwischen waren wir vor dem Klassenzimmer angekommen. Ich öffnete die Tür und bot meinem Vater einen Platz am Tisch vor dem Lehrerpult an. Es war seltsam, ihn dort sitzen zu sehen, die langen Beine unter den Tisch gequetscht, als wäre er selber noch ein Schüler.

„Sie meinen, er verausgabt sich zu sehr?", fragte er nachdenklich. „Das erklärt vielleicht, wieso er so komisch reagiert hat, als ich ihn eben auf dem Schulhof traf."

Ich erbleichte. „Sie … haben ihn getroffen? Was hat er gesagt?"

Papa machte ein bekümmertes Gesicht und fuhr sich mit der Hand über die Haare. „Ich hatte den Eindruck, dass er mich zuerst gar nicht erkannt hat. Ich bin auf ihn zugegangen und habe ‚Hallo Tom!' gerufen. Da hat er zwar kurz aufgeschaut, aber dann hat er einfach weitergetanzt."

„Getanzt?", fragte ich betroffen.

Papa nickte sorgenvoll. „Ja, seltsam, nicht wahr? Um ihn

herum standen lauter kleine Mädchen, die ihn angefeuert haben. Meine Tochter Lilly war auch dabei, sie geht hier seit Kurzem in die Vorschule. Ich meine, es ist ja nett, dass Tom mit den Kleinen spielt. Es sieht ihm nur so gar nicht ähnlich."

„Er tanzt für Vorschülerinnen?", rief ich entsetzt. „Na warte, den knöpf ich mir vor!" Aufgeregt rannte ich zum Fenster und scannte den Schulhof ab. Tatsache: Neben dem Klettergerüst für die Grundschüler entdeckte ich Frrk, der gerade einer Gruppe Fünf- und Sechsjähriger den „Flug der kleinen Glitzerelfen" vorführte. UND ZWAR IN MEINEM KÖRPER! Im Hälse reckenden Publikum standen außer Lilly und anderen johlenden Zwergen auch noch Jonas, Tjark und Henry aus meiner Klasse. Welche höhnischen Kommentare sie gerade zur Tanzshow von „Bauer Tom" abließen, konnte ich mir bestens vorstellen.

„So habe ich das nicht gemeint", sagte Papa. „Tom kann seine Pausen natürlich verbringen, wie er möchte. Und ich bin wirklich erleichtert, dass er in letzter Zeit solche Fortschritte in Mathe macht. Aber seit er damals diesen Außerirdischen gefunden hat – von der Geschichte haben Sie gehört, oder? – kommt er mir irgendwie verändert vor. Manchmal fast wie ausgewechselt!"

Du ahnst gar nicht, wie recht du hast ..., dachte ich im Stillen.

Ich zwang mich, vom Fenster wegzugucken und versuchte, eine verständnisvolle Lehrermiene aufzusetzen, während Papa seine Sorgen vor mir ausschüttete. Und davon hatte er eine ganze Menge.

„Früher ist er Skateboard gefahren, heute tanzt er Elfentänze. Früher hat er sich mit anderen Jungs getroffen, heute hängt er ständig mit dieser seltsamen Elli herum", seufzte er. „Womöglich ist es eine seelische Reaktion auf unsere Trennung – meine Frau und ich sind seit einem Jahr geschieden, wissen Sie? Vielleicht sollten wir Tom doch einmal zu einem guten Kinderpsychologen schicken. Meinen Sie nicht auch, dass ihm das guttun würde?"

Ich schüttelte so heftig den Kopf, dass mein Doppelkinn wackelte. „Auf keinen Fall!", platzte ich heraus. „Also, meiner Meinung nach wäre das sogar richtig ... schädlich!"

„Aber finden Sie nicht auch, dass er noch ein bisschen zu jung ist für eine feste Freundin?", hakte Papa nach. Mir blieb die Luft weg. Er glaubte offenbar ernsthaft, ich und Elli wären ein Liebespaar. Aber so sehr ich Elli mag: KÜSSEN oder so will ich sie auf gar keinen Fall!

„Da kann ich Sie echt beruhigen, Herr Stüwe: Da läuft

überhaupt nix! Die beiden sind einfach bloß beste Kumpels. Und Skateboard fährt der Tom übrigens andauernd. Also: Kein Grund zur Panik!"

Papa stand auf und ging kopfschüttelnd im Klassenzimmer auf und ab. „Ist das nicht traurig?", jammerte er. „Sie wissen besser über meinen Sohn Bescheid als ich. So eine Scheidung ist wirklich hart, sage ich Ihnen – besonders für die Kinder. Sind Sie verheiratet, Herr Dr. Böhncke?"

Ich schnappte nach Luft. „Natürlich nicht!"

Da klopfte es. „Herein!", rief ich hastig. Ehrlich gesagt war ich froh über die Unterbrechung, denn die Richtung, in die das Gespräch lief, gefiel mir überhaupt nicht. Die Tür öffnete sich und Frrk-Tom schob seinen Kopf herein. „Der Frosch hat gesagt, dein Vater ist da. Verzeihung, ich meinte natürlich: ‚MEIN Vater'." Unter Papas immer besorgter werdendem Blick kam er herein und setzte sich an einen der Tische.

„Tja, Tom", druckste Papa herum. „Eigentlich bin ich ja hergekommen, um mit Herrn Dr. Böhncke über deine Matheprobleme zu sprechen. Aber nun hat sich herausgestellt, dass du mir am Telefon die reine Wahrheit erzählt hast: Herr Böhncke sagt, du bist mit Abstand sein bester Schüler. Das freut mich sehr, und ich möchte mich bei dir entschuldigen, dass ich dir nicht geglaubt habe."

Ich bekam ein fürchterlich schlechtes Gewissen, als er das sagte. Okay, er nervte mich mit seinem Gute-Noten-Fimmel. Aber dass ich ihn so übers Ohr haute, hatte er trotzdem nicht verdient.

Frrk nickte stolz. „Ich bin tatsächlich ein hervorragender Mathematiker. Ich habe unter anderem einen Preis für …“

„Jetzt gib mal nicht so an!“, unterbrach ich ihn schnell. Eigentlich hätte ich die Unterhaltung jetzt gerne beendet und mich auf den Weg zur nächsten Unterrichtsstunde gemacht. Aber leider wollte es immer noch nicht klingeln. „Es ist großartig, dass du seit Neuestem so gut in der Schule bist“, sagte Papa vorsichtig. „Aber es macht mir Sorgen, dass du in letzter Zeit so anders geworden bist. Ich glaube, vorhin auf dem Schulhof hast du mich tatsächlich kurz nicht erkannt, oder?“

Frrk überlegte einen Moment. Offenbar suchte er nach der richtigen Antwort, und ich drückte ganz fest die Daumen, dass er sie fand. „Es ist korrekt, dass ich mich in letzter Zeit sehr verändert habe“, sagte er dann. Das stimmte ja auch wirklich, schließlich hatte er gerade eine komplette Körperumwandlung hinter sich. „Und ich weiß jetzt wieder, wer du bist“, fuhr Frrk triumphierend fort. „Du bist mein sogenannter Vater. Das bedeutet, dass du mein Erzeuger bist.

Eine Hälfte meines Erbguts stammt von dir. Die andere ist von meiner sogenannten Mutter."

Papa starrte ihn entgeistert an, und zu meiner unendlichen Erleichterung klingelte es.

„Ich muss jetzt zum Geschichtsunterricht. Es verstößt gegen die Schulregeln, zu spät zu einer Unterrichtsstunde zu erscheinen, deshalb werde ich mich beeilen", verkündete Frrk-Tom, sichtbar stolz darauf, endlich mal eine menschliche Benimmregel kapiert zu haben. „Auf Wiedersehen!" Damit drehte er sich um und marschierte hinaus.

Neben mir sank Papa in sich zusammen. „Es ist meine Schuld", murmelte er erschüttert. „Ich habe ihm ständig ein-

gebläut, dass er sich in der Schule mehr anstrengen muss. Und jetzt sehen Sie ihn sich an: Der arme Junge ist unter dem Druck halb verrückt geworden!“ Er war so fertig, dass er mir richtig leidtat.

Tröstend klopfte ich ihm auf die Schulter. „Jetzt machen Sie sich mal nicht so viele Sorgen, Herr Stüwe. Dem Tom geht's prima, der ist heute bloß ein bisschen durch den Wind. Aber vielleicht wär's doch gut, wenn Sie mal über was anderes mit ihm reden als immer bloß über Mathe und ob er seine Hausaufgaben gemacht hat und so …“, schob ich vorsichtig hinterher.

Papa starrte ins Leere, dann schüttelte er langsam und sorgenvoll den Kopf. „Sagen Sie, was Sie wollen, Dr. Böhncke: Der Junge benimmt sich nicht normal! Das ist ein Fall für einen Kinderpsychologen. Ich werde gleich heute mit meiner Ex-Frau darüber sprechen.“

Als ich Minuten später mit einem Kopf voller Gedanken, zwischen denen knallrot das Wort „Kinderpsychologe“ blinkte, den Flur hinunterlief, kam plötzlich Elli um die Ecke. Ihre Meisenkamp-Augen blitzten aufgeregt. „Es geht los, Tom! Einer von den EZA-Leute hat gerade das Geheimsignal gegeben: Zmrrx ist hier!“

9. Die Schleimspur

Wir rannten raus auf den Schulhof. Am Tor stand einer der EZA-Agenten. Als wir bei ihm ankamen, drehte er sich schnell weg und tat so, als würde er telefonieren.

„Das können Sie sich sparen, wir wissen, dass Sie von der EZA sind! Sie müssen uns sofort sagen, wo Sie Zmrrx gesehen haben!“, zischte Elli.

Der Agent guckte uns misstrauisch an. „Ich weiß überhaupt nicht, wovon Sie reden.“

Jetzt erst fiel mir ein, dass er uns in unseren neuen Körpern natürlich nicht erkennen konnte. „Wir sind’s, Tom Stüwe und Elli Hoffmann!“, rief ich. „Rufen Sie sofort Ihre Chefin an, die wird es Ihnen schon erklären!“

Als er die Schlüter endlich am Telefon hatte, war sie natürlich erst mal platt, als sie erfuhr, dass statt Frrk und dem Frosch jetzt Elli und ich in Lehrerkörpern steckten. In aller Eile erklärten wir ihr die Sache mit der Apfelschorlen-Fehlfunktion, und am Ende wies sie ihre Leute an, uns sämtliche neuen Informationen über Zmrrx zu geben. Außerdem befahl sie uns, so schnell wie möglich mit Frrk und dem Frosch ins Labor zu fahren. „Dort seid ihr in Sicherheit. Um Zmrrx kümmern sich meine Leute. Sobald sie ihn auf dem Schulgelände umzingelt haben, nehmen sie ihn fest."

„Aber wird das nicht gefährlich für die Lehrer und die Schüler?", erkundigte sich Elli. „Keine Sorge", schnarrte die Schlüter. „Meine Leute sind Profis, die wissen, was sie tun." Damit legte sie auf.

Der EZA-Agent gab uns also einen kurzen Bericht über die erste Zmrrx-Sichtung. Der Außerirdische war urplötzlich neben einem Auto auf dem Schulparkplatz aufgetaucht, kurz darauf aber spurlos verschwunden. Der Agent war trotzdem fest überzeugt, dass Zmrrx es nicht in die Schule geschafft hatte: „Unsere Leute beobachten jedes Fenster und jede Tür. Unmöglich, dass er unbemerkt eindringt. Und jetzt entschuldigen Sie mich, ich muss zurück auf meinen Posten." Komisch: Obwohl er inzwischen wusste, dass wir

Kinder in Erwachsenenkörpern waren, siezte er uns einfach weiter.

Elli und ich standen da und guckten mit mulmigem Gefühl über den Schulhof mit seinen Klettergerüsten, Fußballtoren und herumliegenden Schulbrottüten. Alles sah genauso aus wie immer. Und trotzdem lauerte irgendwo gut versteckt die Gefahr.

„Also, ich bin mir nicht sicher, ob sie die Lage wirklich so im Griff haben, wie sie denken", sagte Elli. „Weißt du noch, wie ihnen Frrk durch die Lappen gegangen ist, als sie ihn bei seinem letzten Besuch auf der Erde gejagt haben?"

Das stimmte. Die EZA-Leute hatten Frrk damals total unterschätzt. So war er ihnen aus einem abgeschlossenen Badezimmer entkommen, indem er seinen superelastischen Körper durch den Abfluss der Badewanne gezwängt hatte.

Und Zmrrx war schließlich auch ein Tmllper, also hatte er vermutlich dieselben Tricks drauf. Natürlich – warum hatten wir bloß nicht gleich daran gedacht? „Die Kanalisation!", rief ich. „Zmrrx könnte sich durch einen Gully quetschen und dann durch die Abwasserrohre in die Schule kriechen!"

Wir beschlossen, systematisch sämtliche Kanaldeckel rund um die Schule nach Spuren abzusuchen. Es dauerte nicht lange, bis wir etwas fanden: Vom Gullygitter direkt neben der

Schulhofpforte triefte dicker, orangefarbener Schleim und klatschte in den schwarzen Schacht darunter. „Verdammt, wahrscheinlich ist er längst drin!“, fluchte Elli.

„Aber er kann Frrk und den Frosch doch sowieso nicht finden, solange sie in unseren Körpern stecken“, versuchte ich sie zu beruhigen. Elli sprang aus der Hocke auf. „Trotzdem, wir müssen uns beeilen. Ich sag der EZA Bescheid. Und du gehst rein und kontrollierst schon mal die Klos“, befahl sie.

„Die Klos, wieso?“, fragte ich begriffsstutzig.

„Na, weil er da wahrscheinlich rauskommt, wenn er durch die Abwasserrohre kriecht“, erklärte sie ungeduldig.

„Äh, und was mache ich mit ihm, wenn ich ihn sehe?“, erkundigte ich mich. Schließlich war der Typ ein Alien, und ich hatte weder eine Strahlenkanone noch ein Laserschwert dabei.

„Na, halt ihn einfach irgendwie auf, bis ich mit der EZA komme! Schmeiß ihm den Mülleimer in den Weg, bewirf ihn mit Klopapier oder so. Dir fällt schon was ein.“

Ich holte tief Luft, um ihr zu sagen, dass ich keine Lust hatte, mir dauernd von ihr Befehle erteilen zu lassen. Aber als ich fertig eingeatmet hatte, war sie schon weg. Also seufzte ich bloß und ging mit ziemlich mulmigem Gefühl zurück in die Schule.

In den Fluren war es jetzt still und leer, der Unterricht hatte natürlich längst begonnen. Ich stellte mir vor, wie die 6c sich freute, weil der Böhncke nicht kam. Wahrscheinlich zockten sie gerade alle auf ihren Handys. Oder sie hatten sich längst selber einen Film angemacht. Im Laufschritt joggte ich durch den Gang Richtung Toilette. Ich war fast da, als plötzlich eine Klassentür aufging und die Koschwitz rauskam. Fast wäre ich mit ihr zusammengestoßen. „Huch, Herr Dr. Böhncke! Was machen Sie denn hier? Haben Sie jetzt nicht die 6c in Chemie?"

„Ich … muss mal", stieß ich hervor. So geschmeidig, wie mein Böhncke-Bauch es zuließ, schlüpfte ich an ihr vorbei und riss die Tür zum Jungsklo auf.

„Die Lehrertoiletten sind vorne beim Verwaltungstrakt …", rief sie mir besorgt hinterher. „Ja, aber bis dahin kann ich nicht mehr anhalten", antwortete ich und knallte die Tür hinter mir zu. Der echte Dr. Böhncke fing an, mir ein bisschen leidzutun: Frau Koschwitz musste einen ziemlich komischen Eindruck von ihrem neuen Kollegen haben.

Drinnen im Toilettenraum war es dunkel und still. Irgendwie ZU still. Ich schaltete sofort das Licht ein, damit es sich wenigstens ein bisschen weniger gruselig anfühlte. Immerhin, orangener Schleim war hier nirgends zu sehen.

Drei der vier Klokabinen standen offen. Nur die Tür von Nummer vier war zu. Ich zögerte. Was sollte ich machen, wenn er da drin war? Etwas nach ihm werfen, hatte Elli gesagt. Die hatte gut reden! Ich schnappte mir einen Stapel grauer Papiertücher vom Waschbeckenrand, um sie Zmrrx notfalls in die Visage zu pfeffern. Wenn ich gut zielte, blieben sie vielleicht auf seinem Kopf kleben und verdeckten seinen sechs Glupschaugen die Sicht auf mich.

Noch zwei Schritte bis zur Klotür. Noch einen. Entschlossen packte ich den Türgriff und riss daran. Die Tür schwang auf. In der Kabine war – niemand! Aufatmend ließ ich die Papiertücher sinken. Es gab jede Menge Klos, durch die Zmrrx in die Schule gelangen konnte, aber hier war er nicht. Auf einmal merkte ich, dass ich tatsächlich dringend pinkeln musste. Kein Wunder – bei der ganzen Aufregung. Ich zerrte den Gürtel auf, der Böhnkes Hose hochhielt und ließ mich auf den Toilettensitz plumpsen. Wo blieb eigentlich Elli mit den EZA-Agenten? Mir fiel ein, dass sie wahrscheinlich erst einmal auf dem Lehrerklo nach mir suchen würden. Oder auf der kleinen Toilette neben der Bibliothek. Elli und ich hätten uns besser absprechen müssen, dachte ich und tastete nach dem Klopapier.

Und da hörte ich es: Aus der Nachbarkabine kam ein Blubbern. Sekunden später blubberte es noch mal. Ich hielt die Luft an. Behalt die Nerven, Tom!, sprach ich mir selber Mut zu. Manchmal blubbern Klos eben einfach. Wahrscheinlich hat mal wieder einer zu viel Papier reingeschmissen und dann ist es verstopft, und morgen muss der Tomasi …

Jetzt ertönte ein Sprudeln, Zischen und Prusten, als würde aus dem Klo nebenan ein Pottwal auftauchen. Wie von der Tarantel gestochen sprang ich vom Toilettensitz, zog die Hose hoch und presste mich ängstlich an die Wand neben dem Spülkasten. Dicht neben mir hinter der Trennwand platschte etwas Großes, Nasses auf den Fliesenboden. Dann wurde die Tür der Nachbarkabine heftig aufgestoßen und ich hörte, wie das Etwas sich schnaubend Richtung Ausgang bewegte. Krachend fiel die Tür zu, und im Toilettenraum war es wieder genauso still wie vorher.

Vorsichtig spähte ich aus meiner Kabine. Was ich sah, bestätigte meine schlimmsten Befürchtungen. Über die weißen Bodenfliesen zog sich eine orange schimmernde Schleimspur. Zmrrx war in der Schule!

10. Wo ist Zmrrx – oder wer?

Ohne auch nur einen Gedanken ans Händewaschen zu verschwenden, rannte ich raus auf den Flur. Zmrrx war nirgends mehr zu entdecken. Dafür bogen gerade Elli mit Frrk-Tom, Frosch-Elli und drei EZA-Leuten um die Ecke. Offenbar hatten sie Zmrrx' mögliche Lieblingsopfer vorsichtshalber sofort aus der Klasse geholt und in Gewahrsam genommen. Die EZA-Agenten hatten riesige schwarze Kescher dabei und sahen damit aus wie Hundefänger aus einer alten Zeichentrickserie. Und so wollten diese angeblichen Profis einen Außerirdischen einfangen?

„Er ist hier! Wir müssen bloß der Spur folgen“, rief ich schon von Weitem.

„Alles in Ordnung, Tom?“, fragte der Frosch beim Näherkommen. „Du bist ein bisschen blass um die Nase …“

Offenbar stand mir das Entsetzen bei Zmrrx’ Erscheinen noch immer ins Gesicht geschrieben.

Frrk legte mir besorgt meine eigene Hand auf die Böhncke-Schulter. „Um es exakt auszudrücken: Das Gesicht des dicken Lehrers, in den du verwandelt bist, hat den Farbton meines Originalkörpers angenommen“, sagte er.

„Kein Wunder, ich hab gerade den Schock meines Lebens gekriegt“, knurrte ich. „Damit eins klar ist, Elli: Nächstes Mal gehe ICH die Verstärkung holen und DU suchst das Monster.“

Ein bisschen wabbelig fühlten sich meine Knie immer noch an, aber mit Elli, Frrk, dem Frosch und den EZA-Agenten an meiner Seite war mir schon deutlich wohler. Umgehend nahmen wir die Verfolgung der Schleimspur auf. Zmrrx war offenbar zielstrebig Richtung Verwaltungstrakt geglibbert.

„Ich glaube, ich verstehe, wie er vorgeht“, sagte der Frosch. „Zmrrx bewegt sich genau dorthin, wo er Frrks und meinen Körper zum letzten Mal orten konnte. Also will er ins Rektorenbüro.“

„Wir müssen äußerst vorsichtig sein“, mahnte Frrk. „Ich

habe euch ja schon gesagt, dass der Stromschlag ihm außergewöhnliche Kräfte verliehen hat."

Davon konnten wir uns einige Augenblicke später selbst überzeugen: Die Spur führte tatsächlich zum Büro der Koschwitz – dessen aufgebrochene Tür schief in den Angeln hing. Wir duckten uns hinter die EZA-Leute, die mit gezückten Keschern in das Büro preschten. Aber da war niemand. Dafür stand das Fenster weit offen.

„Verdammt, der Transformator ist weg!", rief Elli mit sich überschlagender Meisenkamp-Stimme.

Tatsache: Der Körperumwandler lag nicht mehr auf dem Schreibtisch. „Ich glaube, da ist er", sagte der Frosch und zeigte auf etwas am Boden.

Es war wirklich der Transformator. Einer der EZA-Männer hob ihn auf – er triefte vor orangenem Schleim.

„Körpertransformatoren wurden erst nach Zmrrx' Verbannung von Tmllp erfunden, deswegen waren sie ihm bisher unbekannt", erklärte Frrk. „Aber Zmrrx ist ausgesprochen klug und technisch begabt. Offenbar hat er sofort verstanden, welchem Zweck das Gerät dient und wie man es aktiviert. Deshalb hat er versucht, es zu stehlen. Aber dann hat er es auf der Flucht vor uns glücklicherweise fallen gelassen." Er nahm ihn dem EZA-Mann aus der Hand und warf einen kritischen Blick darauf. „Aber das Gerät ist soeben benutzt worden“, stellte er fest. „Zmrrx hat damit soeben seinen Körper umgewandelt. Erstaunlich, dass er es geschafft hat, den Transformator in so kurzer Zeit zu reparieren. Ich habe ja schon berichtet, dass er hochintelligent ist.“

Die EZA-Agenten guckten ihn verständnislos an. „Der Außerirdische hat sich also verwandelt? Aber in wen?“, fragte einer von ihnen verdattert.

Frrk zeigte an die mit Fotos übersäten Wände des Rektorenbüros. Neben Dutzenden von Klassenbildern hingen da Schnappschüsse von Lehrern auf einer Schulparty, ein Foto des Hausmeisters bei seinem 20-jährigen Berufsjubiläum und ein Porträt von Frau Koschwitz zusammen mit ihrem Dackel Topsi.

Langsam begriff ich, dass wir ein neues Problem hatten. Und zwar ein ziemlich großes. „Du meinst, Zmrrx läuft jetzt als irgendeiner von denen rum? Und wir haben keine Ahnung, als wer?“

Frrk nickte bekümmert. „Das ist richtig. Aufgrund der Vielzahl an Fotos in diesem Raum gibt es Hunderte Möglichkeiten. Ab jetzt ist Zmrrx für uns unauffindbar.“

Meisenkamp-Elli sackte aufstöhnend in sich zusammen. „Okay. Dann bin ich dafür, dass wir sofort den Rückzug ins EZA-Labor antreten, bevor wir hier vom verwandelten Zmrrx belauscht werden. Und außerdem“, fügte sie mit funkelnden Augen hinzu, „möchte ich ganz dringend ein schönes, großes Käsebrötchen essen!“

11. Der Partyhäppchen-Plan

Wir stiegen also mit den EZA-Agenten in ihren in der Nähe parkenden Van und fuhren auf dem schnellsten Weg zum EZA-Labor. Käsebrötchen hatten sie da zwar nicht, wie sich herausstellte. Aber dafür orderte Katharina Schlüter für uns alle Pizza Margarita, mit extra viel Mozzarella drauf.

Die Zeit, bis der Bote kam, vertrieben wir uns im Büro der Schlüter – der einzige Raum in der gesamten EZA-Zentrale, der nicht blütenweiß und tipptopp aufgeräumt war. Auf dem Schreibtisch lagen stapelweise Zeitschriften und Bücher mit Titeln wie „Kleine Einführung in die Physiologie außerirdischer Lebensformen“ oder „Geheimnisvolle Welten: Leben auf Sand-, Schotter- und Rasenplaneten“. Die Wände waren vollgepinnt mit lauter UFO-Fotos, eins unschärfer als das andere.

„Haben Sie die alle selber gemacht?“, fragte Elli. „Nicht alle. Aber ein paar davon schon“, sagte die Schlüter stolz. „Die Jagd nach außerirdischen Lebensformen ist sozusagen mein Lebensinhalt. Da fällt mir ein: Sobald Frrk wieder in seinem echten Körper steckt, hätte ich wahnsinnig gern eine kleine Schleimprobe! Ähm, wer von euch war noch gleich Frrk?“ Mir selbst dabei zuzugucken, wie ich auf diese Frage den Arm hob, fand ich immer noch ziemlich verwirrend.

Entsprechend erleichtert war ich, als endlich die Pizza geliefert wurde. Ich suchte eine Stelle mit besonders viel Käse aus und biss kräftig hinein. Schon nach einer Sekunde spürte ich, wie der Böhncke-Körper zu kribbeln anfing. Dann vibrierte er plötzlich, als hätte mir jemand einen Presslufthammer an den Hintern geschnallt. Ich kippte um und wälzte mich ächzend auf dem Labor-Fußboden – aber dann war es auch schon vorbei: Ich war wieder ich!

Benommen blinzelnd rappelte ich mich auf und bewegte probeweise meine Arme und Beine. Nach den langen Stunden als Dr. Böhncke kamen sie mir erstaunlich kurz vor. Dafür aber angenehm leicht. Um mich herum kamen Elli, Frrk und der Frosch wieder auf die Beine, die es bei ihrer Rückver-

wandlung genauso durchgeschüttelt hatte. Ich atmete auf: Ein Stück weit war die Welt wieder in Ordnung – mal davon abgesehen, dass in unserer Schule ein körpertransformiertes Alien herumschlich und mein armer Vater glaubte, ich sei reif für die Kinderklapse.

„Bedauerlich finde ich nur, dass ich ohne deinen Körper nicht an der Tanzvorführung teilnehmen kann", sagte Frrk und sah nachdenklich an seinem giftgrünen Schleimfuß herunter. „Also, MIT meinem Körper hättest du an so was ERST RECHT nicht teilgenommen, das garantiere ich dir", antwortete ich. Denn jetzt fiel mir wieder ein, dass ich mit Frrk noch ein Hühnchen zu rupfen hatte wegen seiner Tanznummer auf dem Schulhof. Jonas, Henry und Tjark lachten wahrscheinlich immer noch über *Tom, die Glitzerelfe*! Andererseits: Dass Frrk so etwas noch mal abzog, war sowieso ausgeschlossen. Ich schnappte mir die angebissene Pizza vom Schreibtisch der Schlüter und biss noch einmal herzhaft ab – diesmal ohne anschließenden Schüttelkrampf.

„Doch", beharrte Frrk. „Dein Körper nimmt an der Aufführung von *Flug der kleinen Glitzerelfen* teil. Sie findet morgen um 11 Uhr auf der Hauptbühne des Stadtfestes statt. Ich habe es Lilly vorhin versprochen."

Ich spuckte vor Schreck den Pizzahappen wieder aus.

„Moment mal! Du kannst doch nicht in meinem Namen irgendwelche Versprechungen machen, Frrk. Schon gar nicht, dass ich bei diesem Elfenquatsch mitmache!“

Frrk schielte verlegen an die Decke. „Du hast recht. Es war nicht korrekt, so zu handeln. Aber ich wollte Lilly nicht enttäuschen. Sie hat sich so gefreut, als sie sah, wie du auf dem Schulhof getanzt hast ...“

Natürlich. Ich konnte ihr Kichern geradezu hören. „ICH habe nicht auf dem Schulhof getanzt!“, brauste ich auf.

Elli platzte der Kragen. „Leute, es tut mir ja leid, aber wir haben keine Zeit, hier rumzusitzen, Pizza zu futtern und uns über Elfen zu streiten. Papa und Frrk sind in Gefahr! Und dazu auch noch Frrks kompletter Heimatplanet! Uns muss sofort etwas einfallen, wie wir Zmrrx enttarnen und unschädlich machen können.“

„Sehr richtig, Elli“, pflichtete die Schlüter ihr bei. „Und außerdem müssen dein Vater und Frrk sofort die Gestalten dieser beiden Lehrer annehmen. Denn sonst wird Zmrrx die beiden orten und hierher verfolgen.“

Als Erstes änderten Frrk und der Frosch also mithilfe des Transformators ihre Gestalt. Was für ein Glück, dass Elli heute Morgen im Zimmer der Koschwitz dran gedacht hatte, die Mappen mit den Fotos einzustecken! Weil der Frosch partout nicht Dr. Böhncke werden wollte, übernahm das Frrk und verwandelte den Frosch in Florian Meisenkamp. Wie sich herausstellte, hatte Zmrrx bei seiner Schnellreparatur des Körperumwandlers Spitzenarbeit geleistet: Er schnurrte wieder wie ein Kätzchen und funktionierte perfekt. „Ich habe es euch ja gesagt: Zmrrx ist ein genialer Techniker", sagte Frrk und machte in dem Böhncke-Körper probeweise ein paar Tanzschritte. Ich musste zugeben, dass es trotz des Bauchs erstaunlich graziös aussah.

Dann zerbrachen wir uns die Köpfe darüber, was Zmrrx als Nächstes tun würde, um an den Supermatsch heranzukommen. Unser größtes Problem war, dass wir keine Ahnung hatten, wie wir ihn erkennen sollten. Theoretisch konnte Zmrrx im Körper von jedem x-beliebigen Schüler oder Lehrer stecken und seelenruhig abwarten, bis Frrk oder der Frosch sich durch irgendeinen blöden Fehler selbst enttarnten. Und die Wahrscheinlichkeit, dass einem der beiden so ein Fehler passieren würde, erschien mir nicht gerade klein.

„Mal überlegen", knarzte die Schlüter und lehnte sich nachdenklich in ihrem Bürostuhl zurück. „Morgen ist also dieses Stadtfest. Mit der großen Schulaufführung auf dem Rathausmarkt. Sehe ich es richtig, dass die gesamte Schule dabei sein wird?"

Der Frosch nickte eifrig. „Natürlich, alle Schüler und Lehrer werden da sein. Unser Kollegium plant diese Show schon seit Monaten. Sie ist DAS Ereignis des Schuljahres."

Die Schlüter schnippte mit den Fingern. „Dann können wir wohl sicher sein, dass Zmrrx morgen auch dort auftauchen wird. Das ist die perfekte Gelegenheit, ihn zu schnappen. Die Frage ist nur: Wie enttarnt man einen körpertransformierten Tmllper?"

Elli, Frrk und ich hatten im selben Moment denselben Gedanken: „Käse!", riefen wir im Chor.

Klar, das war DIE Lösung! Dass Käse eine sofortige Umkehr von Körpertransformationsprozessen bewirkte, konnte Zmrrx nicht wissen. Das hatten wir bei Frrks letztem Besuch ja selber nur ganz zufällig rausgefunden. Wenn wir sämtliche Schüler und Lehrer auf dem Stadtfest dazu kriegen konnten, irgendetwas mit Käse zu essen, würde Zmrrx also auffliegen – und dann konnten die EZA-Leute mit ihren Keschern kommen.

„Ich frage mich nur, wie wir sämtliche Lebewesen auf dem Fest zum Verzehr dieser abscheulichen Substanz bewegen sollen. Ich selbst würde sie nicht freiwillig zu mir nehmen", sagte Frrk zweifelnd. Elli trommelte nachdenklich mit den Fingern auf dem Schreibtisch der Schlüter herum. „Hmm.

Dann müssen wir sie eben dazu zwingen. Wir könnten den Leuten doch weismachen, dass es so eine Art Tradition ist, und dass es einen Riesenhaufen Unglück bringt, wenn nicht jeder Stadtfest-Besucher mindestens einen Käsehappen isst. Die meisten Leute sind ein bisschen abergläubisch, auch wenn sie es nicht offen zugeben."

Die Schlüter nickte ihr anerkennend zu. „Eine hervorragende Idee! Herr Dr. Kaper, Sie haben eine sehr kluge Tochter. Sie müssen enorm stolz auf sie sein."

Der Frosch guckte verlegen zu Seite und murmelte: „Natürlich. Selbstverständlich bin ich stolz auf sie." Ich hatte noch nie gesehen, wie Elli rot wurde, aber jetzt bekamen ihre Wangen Farbe. Sie räusperte sich und tat so, als müsse sie dringend einen Pizzasoßenfleck aus ihrer Jeans rubbeln.

Die Schlüter schenkte dem Frosch eins ihrer seltenen Lächeln. Mir fiel auf, dass es schon das zweite war. „Für uns Kopfmenschen ist es manchmal schwer, Gefühle zu zeigen, nicht wahr, Herr Dr. Kaper? Wenn ich Ihnen einen Rat geben darf: Manchmal ist es wichtig, den richtigen Zeitpunkt dafür nicht zu verpassen."

Den Rest des Nachmittags verbrachten wir damit, Käse, Pumpernickel, Gürkchen und Weintrauben ins EZA-Zentrum zu schaffen und das Ganze in appetitliche Häppchen zu verwandeln. Katharina Schlüter spannte sämtliche Wissenschaftler ihrer Abteilung dafür ein, deswegen ging es zügig voran. Im Labor sah es jetzt aus wie in der Küche von einem Partyservice.

Als ich gegen 20 Uhr den letzten Goudawürfel aufspießte, klingelte mein Handy. Es war Mama. „Ihr könnt doch nicht einfach stundenlang wegbleiben, ohne mir Bescheid zu geben", meckerte sie. „Frrk ist volljährig – ist er doch, oder? –, DER darf sich gerne herumtreiben, solange er lustig ist. Aber DU kommst jetzt bitte sofort nach Hause, schließlich ist morgen Schule."

Vorsichtig versuchte ich rauszukriegen, ob Papa sie inzwischen wegen des Kinderpsychologen angerufen hatte, aber Mama hatte es eilig, zurück in ihren Kuhstall zu kommen: „Die Rosi kalbt gerade, weißt du?"

„Sekunde Mama, was ich noch erzählen wollte: Krieg bitte keinen Schreck, wenn wir nach Hause kommen. Frrk ... sieht jetzt ein bisschen anders aus", sagte ich.

„Ach, schon wieder?", murmelte sie zerstreut und legte auf. Manchmal denke ich, dass sie wirklich zu viel arbeitet.

Die Busfahrt zurück nach Kuhstedt nutzte ich dazu, Frrk klarzumachen, wieso ich AUF KEINEN FALL bei Lillys Stadtfest-Auftritt mittanzen konnte. DAS Problem hatte ich vor lauter Käse kurz vergessen. Jetzt saß ich neben Frrk, dessen dicker Böhncke-Körper kaum auf den schmalen Bussitz passte, und redete empört auf ihn ein. „Erstens sind solche Tanzereien was für Babys. Und zweitens für Mädchen. Und weil ich das beides nicht bin, kann ich da unmöglich mitmachen, ohne mich komplett zu blamieren. Dass Jonas und seine Kumpels mich – äh, dich! – heute auf dem Schulhof gesehen haben, ist schon schlimm genug. Aber dass ich mich morgen auch noch vor der ganzen Stadt zum Deppen mache, ist echt nicht drin!"

Frrk hörte mir mit verständnislosem Gesichtsausdruck schweigend zu. Dann schüttelte er den Kopf. „Ich begreife dich nicht, Tom. Ich empfinde dieses planvolle Aneinanderreihen von Sprüngen, Schritten und Drehungen als ausgesprochen anregenden Zeitvertreib. Ich würde so weit gehen, dies zu den größten Errungenschaften der Menschheit zu zählen. Ich habe ein gewisses Talent dafür. Warte, ich werde es dir vorführen."

Ehe ich ihn stoppen konnte, sprang er auf und drehte in seinem Böhncke-Körper eine Pirouette um eine der Haltestangen. Dann fing er an, rhythmisch mit seinen dicken Hüften zu wackeln und streckte die Arme über den Kopf.

Ich fragte mich, ob Lilly ihm vielleicht heimlich Musikvideos auf YouTube gezeigt hatte, jedenfalls tanzte Frrk jetzt mit ziemlich Justin-Biber-mäßigen Moves den Mittelgang runter. Der Song, den er dazu schmetterte, war allerdings von Ed Sheeran: „*Oh-I-oh-I-oh-I, I'm in love with your body!*"

In die Buspassagiere, die vorher bloß stumm aus den Fenstern geglotzt hatten, kam Leben. „Nicht schlecht, der Dicke!", krähte eine ältere Frau ihrer Sitznachbarin zu, die begeistert den Takt mitschnippte. Eine Gruppe Teenager johlte und klatsche sogar. Zugegeben: Dafür, dass Frrk von Tanzen gestern noch keinen Schimmer gehabt hatte, war er tatsächlich ganz gut. Trotzdem sprang ich auf und packte ihn am Ärmel. „Das macht man nicht!", zischte ich und fand selber, dass ich wie meine Großtante Hedwig klang.

„Aber Lilly hat gesagt, in ihrer Gruppe tanzen alle so", murrte Frrk.

„Ja, allerdings nicht im Bus", wisperte ich halblaut und zerrte ihn eilig zu unseren Plätzen zurück.

„Menschen tanzen nicht in Bussen? Warum nicht?" Frrk schaute entgeistert aus seinen Böhncke-Augen.

„Weil … man in den Kurven hinfallen könnte. Und weil es peinlich ist." Aufstöhnend ließ ich mich auf den Sitz fallen.

„Och, schade!", murmelte eine Frau hinter uns.

Frrk schwieg, denn er lauschte wieder einmal einer umständlichen Erklärung seines Bordcomputers. Wahrscheinlich gab es für das Wort ‚peinlich' keine direkte Übersetzung ins Tmllpische. Irgendwie wunderte mich das nicht.

„Peinlichkeit ist ein Gefühl des Unbehagens und der Beschämung", stellte er nach einer Weile fest. „Es ist für dich also beschämend, zu tanzen." Ich nickte erleichtert. „Du hast es erfasst."

Frrk wiegte nachdenklich seinen großen Böhncke-Kopf. „Aber du würdest Lilly eine Freude machen. Was ist für euch Menschen wichtiger: einen anderen Menschen zu erfreuen oder eine Beschämung zu vermeiden?"

Verflixt, darauf fiel mir keine gute Antwort ein. „Weißt du", sagte ich säuerlich, „ich finde, wir haben schon genug Probleme. Mit Zmrrx und mit deinem Supermatsch!" „Das ist jetzt EUER Supermatsch. Du hast offenbar vergessen, dass er ein Geschenk an euch ist. Ich habe den Eindruck, dass du diese Gabe nicht voll und ganz zu schätzen weißt. Das ist äußerst schade. Dieser Matsch ist sehr wertvoll, und ich habe große Mühen auf mich genommen, damit ihr Menschen ihn bekommt", brummte Frrk.

Für den Rest der Fahrt schwiegen wir und starrten aus dem Fenster auf dunkle Kuhweiden. Als wir endlich zu

Hause ankamen, hüpfte uns Lilly entgegen – strahlend und mit einem leeren Marmeladenglas in der Hand, über das sie statt Deckel ein zerlöchertes Stück Frischhaltefolie gespannt hatte. „Hallo Tom, freust du dich auch schon so auf den Auftritt morgen? Ich hab schon allen meinen Freundinnen erzählt, dass du mittanzt. Und guck mal, ich hab Fliegen für Frrk gefangen! Aber wo ist eigentlich Frrk? Und wer ist der große dicke Mann da?“

12. Elisabeth Valentine Hoffmann

Am nächsten Morgen war die Stimmung zwischen Frrk und mir immer noch etwas gedrückt. Und das ausgerechnet am Tag des großen Showdowns! Vielleicht lag es auch daran, dass Frrk Hunger hatte. Lillys Fliegen hatte er zwar dankbar weggeputzt, aber so richtig satt war er davon nicht geworden. „Viel Chitin, wenig Protein“, hatte er geseufzt. Zum Glück verbrachte Mama wegen der Kälbchengeburt noch die halbe Nacht im Kuhstall. So brauchte ich ihr wenigstens nicht zu erklären, wieso Frrk auf einmal Dr. Böhncke war. Morgens nahmen wir den ganz frühen Bus in die Stadt, noch bevor Mama und Lilly wach wurden. Das ersparte mir auch fürs Erste den Krach mit Lilly, wenn sie erfuhr, dass ich

AUF KEINEN FALL vorhatte, bei der Elfennummer mitzumachen.

Am Rathausmarkt, wo wir aus dem Bus stiegen, war schon jetzt am frühen Morgen der Teufel los: Überall auf dem Platz waren Arbeiter damit beschäftigt, die Bühne aufzubauen, Kabel zu verlegen und Bänke für das Publikum aufzustellen. Tontechniker machten Mikrofonproben, Blumenlieferanten stellten riesige Pflanzenkübel als Deko auf. Mittendrin stand Frau Fiesel, die Bürgermeisterin, und übte sehr laut ihre Eröffnungsrede. Wir schoben uns zwischen dicht an dicht parkenden Lieferwagen durch und hielten Ausschau nach Elli, der Schlüter und dem Frosch.

Abseits des Gewimmels entdeckten wir schließlich einen großen, weißen Transporter mit dem EZA-Schriftzug. Als wir näher kamen, surrte die elektrische Fensterscheibe runter und Elli schob ihren Kopf hinaus. „Na endlich", begrüßte sie uns. „Ihr könnt gleich mithelfen, die Käseplatten auszuladen. Katharina und Papa fahren gerade mit unserem Auto zurück zum Labor und holen den Rest."

„Katharina?", fragte ich begriffsstutzig. Dann wurde mir klar, dass sie von der Schlüter sprach. Offenbar waren die drei Freunde geworden an den letzten Abenden, die Elli und der Frosch im Labor verbracht hatten. Irgendwie passten sie zueinander, dachte ich: Die Schlüter war in ihre Aliens genauso verknallt wie Elli in ihre Reptilien und der Frosch in Mathe!

Ich beschloss, mich nützlich zu machen, und kletterte in den Transporter. Drinnen roch es säuerlich. Frrk, der hinter mir die Nase in den Wagen steckte, machte ein schnaubendes Geräusch. „Entspricht es der Wahrheit, dass Käse aus einer Flüssigkeit hergestellt wird, die aus einer Drüse weiblicher Kühe kommt und eigentlich für die Ernährung ihres Nachwuchses bestimmt ist?“, erkundigte er sich. „Und dass Menschen diese Flüssigkeit absichtlich verderben lassen und dann in geronnener Form verspeisen? Das behauptet jedenfalls mein Bordcomputer. Falls es stimmt, muss ich gestehen, dass mir eure Ernährungsgewohnheiten gelegentlich ein wenig bizarr erscheinen.“

Ich musste grinsen. „Von jemandem, der am liebsten Mehlwürmer frühstückt, lasse ich mir so was bestimmt nicht sagen“, feixte ich, und Frrks Böhncke-Gesicht verzog sich zu einem Lächeln.

Mein Herz hüpfte erleichtert. Offenbar war er nicht mehr traurig wegen der Sache mit Lillys Elfentanz. Ein Glück, denn sonst hätte ich mich echt mies gefühlt. Frrk war schließlich mein bester Freund – abgesehen von Elli natürlich. „Alles okay?“, fragte ich sicherheitshalber noch mal nach.

Frrk legte mir einen Arm auf die Schulter, genauso, wie er das normalerweise mit seinen Tentakeln machte. „Alles okay!“, sagte er.

Es dauerte fast eine halbe Stunde, bis wir sämtlichen Käse ausgeladen hatten: Es waren Dutzende Platten und Hunderte Häppchen – das EZA hatte extra eine Nachtschicht eingelegt. Während wir unseren Stand aufbauten, füllte sich nach und nach der Rathausmarkt. Inzwischen war es Viertel vor zehn – in 15 Minuten sollte die Schulshow starten. Bald waren alle Bänke vor der großen Bühne besetzt. Weil unsere Show der erste Programmpunkt des Stadtfests war, kamen um diese Zeit vor allem Schüler, Lehrer und Eltern. Ich ließ meinen Blick über die Sitzreihen schweifen – und gruselte mich still: Irgendwo zwischen all den plappernden Müttern, Vätern und Geschwistern hockte wahrscheinlich Zmrrx! Falls der sich in seinem Menschenkörper genauso schräg benimmt wie Frrk, müssten wir ihn eigentlich schnell erkennen, überlegte ich. Aber so viel ich auch guckte, ich sah niemanden, der mir komisch vorkam.

Mama und Papa waren auch noch nirgends zu sehen. Dafür entdeckte ich den Frosch und die Schlüter, die gerade mit dem Häppchen-Nachschub angekommen waren und beim Ausladen vertraulich die Köpfe zusammensteckten. „Und, hat der Frosch schon Lampenfieber?“, fragte ich Elli. Schließlich musste er heute noch als klavierspielender Meisenkamp auftreten.

Elli zuckte die Achseln. „Keine Ahnung. Groß vorbereitet hat er sich jedenfalls nicht. Als ich gestern Abend im Labor auf der Gästecouch lag, hab ich gehört, wie er noch stundenlang nebenan mit der Schlüter gequatscht hat. Vielleicht hat sie ihm ja die Grundlagen der Musiktheorie beigebracht oder so. Sonst dürfte er ziemlich aufgeschmissen sein.“

Obwohl es inzwischen richtig voll war, hatte sich bisher noch niemand ein Käsestück bei uns geholt. Unser Stand wirkte offenbar nicht besonders anziehend. Und das, obwohl wir ein selbst gemaltes Pappschild aufgestellt hatten, auf dem „Lecker, lecker: Gratis-Häppchen!“ stand.

„Mist, die scheinen alle gut gefrühstückt zu haben“, murmelte ich Elli zu. Sie zog die Augenbrauen zusammen und schnappte sich kurz entschlossen eins der Tabletts. „Dann müssen wir sie eben zu ihrem Glück zwingen. Komm mit.“

Wir bahnten uns einen Weg durch die Menge. „Leckere Stullen, ganz frisch geschmiert!“, rief Elli anpreisend. Sie steuerte direkt auf eine Gruppe stark geschminkter Mädchen aus der Neunten zu, die starr in ihre Handys glotzten und uns nicht die geringste Beachtung schenkten. Irgendwie hatte ich überhaupt keine Lust, denen jetzt mit Käse zu kommen. Aber Elli ging schon zum Angriff über.

„Na Mädels, Hunger?“, fragte sie und hielt ihnen ihre Platte unter die Nasen.

„Boah, nimm das weg, du Zwerg! Das stinkt ja voll!“, quietschte eine dünne Blonde.

„Mach ich, aber erst müsst ihr probieren“, antwortete Elli streng.

Die Blonde verzog das Gesicht. „Auf keinen Fall ess’ ich das. Ich find’ so fettes Zeug total eklig.“

„Alles klar, ’tschuldigung“, murmelte ich und wendete. Ich glaubte sowieso nicht, dass eine von denen Zmrrx war, dafür benahmen die sich viel zu sehr wie echte Teenager.

„Ihr MÜSST aber probieren“, beharrte Elli trotzig. „Das ist nämlich Tradition auf dem Stadtfest. Kennt ihr nicht die Legende von der Käse-Käthe?“

„Was is’n das jetzt für’n Quatsch?“, murmelte eine der Neuntklässlerinnen.

„Na, die Käse-Käthe“, fuhr Elli fort. „Also: Es war einmal ein Mädchen namens Käthe, das irgendwann im 12. Jahrhundert oder so ganz allein aufs Hildeshagener Stadtfest

ging. Da traf sie Warnfried, den Käsehändler. Und als der sie um einen Tanz bat, sagte Käthe: ‚Nee, du riechst mir zu schlimm nach Käse!' Aber der Warnfried war mit dem Teufel im Bunde und sprach: ‚So sollst du selbst fortan von Kopf bis Fuß nach altem Gorgonzola stinken!' Und pling, so kam es, und danach nannten sie alle bloß noch ‚Käse-Käthe'."

Die Mädchen guckten weiter so gelangweilt, wie sie nur konnten, aber eine von ihnen fragte trotzdem: „Und wieso müssen wir deswegen unbedingt eure Häppchen essen?"

Elli machte ein todernstes Gesicht und murmelte finster: „Weil Warnfrieds Fluch noch bis heute jeden trifft, der auf dem Hildeshagener Stadtfest ein Stück Käse verschmäht."

Nachdem sich die Teenagerinnen hastig ein paar Spieße gegriffen hatten, drängelten wir uns weiter Richtung Bühne durch, wo wir ein paar unserer Lehrer und Klassenkameraden gesehen hatten. Von Weitem erkannte ich auch Jonas, der gerade auf den Rathausmarkt einbog und ebenfalls auf die Bühne zuhielt. Und da fiel es mir auf. „He, Elli", raunte ich. „Schau dir mal an, wie komisch Jonas sich bewegt! Das war doch gestern noch nicht so, oder?" Tatsächlich näherte sich Jonas der Bühne so steifbeinig wie ein hüftkranker Cowboy.

Ich erinnerte mich noch gut daran, wie zombiemäßig Frrk nach seiner ersten Körpertransformation herumgestakst war – schließlich schleimte er als Tmllper auf bloß einem Fuß dahin. Vielleicht hatte Zmrrx dieselben Koordinationsprobleme?

Ellis Augen verengten sich zu Schlitzen. „Du hast recht!", wisperte sie. „Los, wir fühlen ihm auf den Zahn!"

Mir fiel ein, dass sie mit Jonas sowieso noch eine Rechnung offen hatte – wegen Froschbeleidigung!

Wir drängelten uns also mit unseren Tabletts zu Jonas durch. Er bemerkte uns erst, als wir direkt vor ihm standen. „Hi, Jonas. Willst du ein Stück Käse?" Ich versuchte, so zu klingen, als wäre das die normalste Frage der Welt.

Jonas musterte uns verächtlich. „Habt ihr beide jetzt Nebenjobs als Kellner oder was?", fragte er und wollte sich an uns vorbeischieben.

Elli stellte sich ihm in den Weg. „Nun komm, probier doch mal. Ist voll lecker", lockte sie.

Jonas schüttelte ungeduldig den Kopf. „Ich hab schon gefrühstückt. Würdest du jetzt mal zur Seite gehen?"

„Du humpelst ja heute so komisch, Jonas. Was ist denn passiert?", fragte ich lauernd.

Er rollte genervt mit den Augen. „Ich hatte gestern im Sportunterricht einen Unfall. Darf ich jetzt endlich mal durch?"

Das klang zugegeben nach einer logischen Erklärung. Unsere Klasse hatte gestern wirklich Sport gehabt – woher hätte Zmrrx das wissen sollen? Also war Jonas doch ganz der Alte. Ich stupste Elli unauffällig in die Seite, aber sie bewegte sich immer noch keinen Zentimeter. Erbarmungslos hielt sie Jonas ihre Servierplatte vors Gesicht. „Du gehst nirgendwo hin, du Fiesling“, zischte sie. „Erst, wenn du ein Käsehäppchen genommen hast!“ Vermutlich war das ihre Art, ihm heimzuzahlen, dass er vor der ganzen Klasse ihren Vater beleidigt hatte.

Im Publikum brandete Applaus auf. Aus dem Augenwinkel sah ich, wie die Bürgermeisterin auf die Bühne kam – wahrscheinlich, um das Stadtfest zu eröffnen. Hinter ihr stand schon das Schulorchester bereit. Vorn am Piano hockte, tief in sich zusammengesunken, der Frosch in Gestalt von Florian Meisenkamp. Fast tat er mir leid, aber er hatte es ja nicht anders gewollt. Als Dr. Böhncke hätte er gemütlich im Publikum sitzen und Frrk zugucken können, wie der vor Hunderten von Leuten ein Klavier-Desaster hinlegte.

Jonas sah jetzt stinkwütend aus. Als würde er Elli jeden Moment an den Kragen gehen.

„Lass gut sein Elli. Er ist sowieso nicht Zmrrx, das merkt man doch“, murmelte ich.

Jonas warf mir einen Blick zu, als wäre ICH das Alien. „Du solltest nicht so oft mit deiner hirnkranken Freundin rumhängen, Bauer. Das ist nämlich ansteckend!“ Damit schubste er Elli zur Seite und humpelte davon.

Elli schniefte wütend. „Nur dass du's weißt: Mein Papa ist nicht irre, er ist genial!“, schrie sie hinter ihm her.

Von der Bühne kam jetzt ein schrilles Fiepen aus der Tonanlage. Dann schallte die näselnde Stimme der Bürgermeisterin über den Rathausmarkt. „Meine Damen und Herren, liebe Schüler! Ich begrüße Sie – und euch – zur großen Feier unseres 425. Stadtjubiläums. Uns erwartet auch in diesem Jahr wieder ein buntes Programm, das Hunderte von Bürgern unserer Stadt gemeinsam gestalten werden. Als Erstes habe ich das Vergnügen, die große Show der Hildeshagener Gesamtschule anzukündigen. Los geht es mit Musik: Der mit zahlreichen Preisen für Klavierkomposition ausgezeichnete Referendar Florian Meisenkamp wird uns eine Kostprobe seines Könnens geben. Danach hören wir das Schulorchester mit *Ob-la-di, ob-la-da* von den Beatles. Viel Vergnügen!“

Wieder fiepte der Lautsprecher. Danach war es erst einmal still. Langsam, ganz langsam richtete der Frosch sich auf seinem Klavierschemel auf und begann, seine Notenzettel durchzublättern. Ich guckte Elli an, die wie angewurzelt dastand und zur Bühne hochguckte. Wahrscheinlich hatte sie Angst vor dem, was gleich kommen würde.

Jetzt räusperte sich der Frosch und sprach mit der Meisenkamp-Stimme ins Mikro: „Ich möchte mich im Voraus dafür entschuldigen, dass ich etwas aus der Übung bin. Das Stück, das ich heute spiele, heißt *My Funny Valentine*, und ich möchte es Elisabeth Valentine Hoffmann widmen. Ich weiß, sie hat es nicht immer leicht mit mir." Er ließ seine Fingergelenke knacken, setzte die Hände auf die Tasten und legte los. Erst ein bisschen leise und zaghaft, dann immer kräftiger und lauter. Und komischerweise: Es klang nach richtiger Musik! Okay, etwas kitschig, aber davon abgesehen echt gut.

Neben mir knallte es. Das war das Käsetablett. Es war Elli aus der Hand gerutscht. „Das bin ich", murmelte sie.

„Äh, du bist wer?", fragte ich. „Und wieso kann dein Vater plötzlich Klavier spielen?"

Ellis Augen klebten an der Bühne. Sie hatte einen komischen Gesichtsausdruck. Wie ein kleines Kind, das gerade den Nikolaus gesehen hat. „Elisabeth Valentine Hoffmann. Das ist mein Name."

„Du heißt Elisabeth?", fragte ich staunend. Elli nickte. „Seit meine Mutter nach Australien abgehauen ist, sagt das aber keiner mehr zu mir. Und dass er Klavier spielen kann, hat er mir nie erzählt ..."

Ich wollte ihr gerade sagen, dass ich den Namen gar nicht sooo schlimm fand, als plötzlich Frau Koschwitz in uns reinrannte. Sie schien es wahnsinnig eilig zu haben. „Ausm Weg, orrer ehr werd's bereue, ehr hässlische Affe!", rief sie. Ihr linkes Auge schielte dabei so stark zu ihrer Nasenspitze, dass der Augapfel kaum noch zu sehen war. Rücksichtslos stieß die Rektorin uns zur Seite und verschwand, holzbeinig staksend, ein paar Meter weiter hinter der Bühne.

Wir guckten ihr mit offenen Mündern hinterher. Elli klappte ihren als Erste wieder zu. „Das war Südhessisch", stellte sie fest. „Denkst du dasselbe wie ich?"

Ich spürte, wie mir die Knie weich wurden und nickte. „Wir müssen sofort der Schlüter Bescheid geben!"

13. Tanz der Glitzerelfen

„Ich hol die Schlüter und du schleichst dich an die Koschwitz ran“, sagte Elli und wollte schon losspurten. Aber diesmal war ich schneller: Ich packte sie am Pulli und hielt sie zurück. „Moment mal, Elli. Wieso muss dauernd ICH hinter dem gefährlichen Alien her? Jetzt bist du mal dran mit Zmrrx auflauern und ich hol Hilfe, klar?“

„Keine Sorge, Tom. Ich werde mit dir kommen. In meiner Begleitung kann dir nichts passieren“, hörte ich eine tiefe Stimme hinter uns. Ich drehte mich um und guckte ins breite Gesicht von Dr. Böhncke. Das heißt, im Moment war das ja gerade Frrks Gesicht. „Zmrrx hat den Körper von unserer Rektorin Frau Koschwitz gekapert!“, erzählte ich ihm aufgeregt. Frrk nickte bloß. „Das habe ich selbst schon festgestellt. Als ich ihr vorhin ein Käsehäppchen anbot, antwortete sie mit den Worten: ‚Mid demm stinkende Fressaasch deed isch nedd emoi moi schlimmschde Feind föddern!'" Elli machte ein zufriedenes Gesicht. „Alles klar: Ihr schleicht euch vorsichtig an die Koschwitz ran, und ich hole inzwischen die Typen mit den Keschern. Bis gleich!" Und weg war sie.

Ich warf Frrk von der Seite einen zweifelnden Blick zu. Ehrlich gesagt, war ich mir nicht so sicher, ob er einen guten Beschützer abgab. Andererseits war ich noch weniger scharf drauf, Zmrrx schon wieder allein zu verfolgen. Ich zog Frrk also hinter mir her Richtung Bühne und hob die Plane hoch, die an den Seiten runterhing und das Gerüst verdeckte, das den Holzboden trug. „Los, kriech drunter. Wir robben durch und gucken, ob sich die Koschwitz im Backstage-Bereich rumtreibt."

Gehorsam schob Frrk seinen dicken Böhncke-Bauch unter die Bühne. Kurz bevor ich selber abtauchte, sah ich etwas weiter links neben einem großen Lautsprecher Lilly und die anderen Glitzerelfen stehen. Alle trugen bunte Pailettenkleider und wippten hibbelig auf den Zehenspitzen. Offenbar waren sie gleich dran. Ich bemerkte, dass Lilly sich immer wieder reckte, als würde sie nach jemandem Ausschau halten.

Nach mir, wurde mir im selben Moment klar. Noch ein guter Grund, unter der Bühne zu verschwinden!

Frrk und ich krabbelten unter den Holzplatten und zwischen Eisenstangen hindurch zur anderen Seite, wo ich vorsichtig die Schutzplane zur Seite schob. Was ich sah, ließ mich schaudern: Hinter der Bühne hockte, ganz allein auf einer Bierbank, die Koschwitz. Die Rektorin saß breitbeinig und weit vorgebeugt da und wühlte zwischen ihren hochhackigen Schuhen mit den Händen in der Erde. Wie ein Hund, der einen Knochen ausbuddelt. Als sie sich wieder aufrichtete, hielt sie einen sich windenden Regenwurm zwischen den Fingern. Genüsslich schmatzend schob sie ihn in den Mund.

Ich konnte gerade noch ein Würgen unterdrücken. Aber auf Frrk hatte der Anblick eine ganz andere Wirkung: Sein Magen begann, laut und grimmig zu knurren. Entsetzt ließ ich die Plane sinken. „Hör sofort auf damit!“, wisperte ich.

„Das kann ich nicht. Das menschliche Organ, das diese Geräusche ausstößt, entzieht sich meiner Kontrolle“, antwortete Frrk, ohne auch nur die Stimme zu senken.

Verflixt, darauf hätte ich kommen können: Tmllper hatten offenbar keine Ahnung, wie man sich anschleicht! War ja auch logisch. Wer sich von „lebenden Proteinen in mundgerechten Portionen“ ernährt, braucht beim Jagen keine tolle Pirsch-Technik. Höchstens eine Fliegenklatsche. „Pssst!“, machte ich hektisch, aber es war schon zu spät: Die Plane wurde zur Seite gerissen und Frrk und ich blickten in die schielenden Augen der Koschwitz.

„Hallo Frau Koschwitz“, sagte ich so nett und normal wie möglich. „Bitte nicht wundern: Dr. Böhncke und ich sitzen hier unten bloß, weil er mir so richtig schön in Ruhe erklären will, wie man Brüche auf den Hauptnenner bringt …“

Die Pupillen der Koschwitz schlingerten nur noch wilder. „Wer seid ehr unn warum glotzt ehr sou?“, schnaubte sie.

Damit war der Fall endgültig klar: Die ECHTE Koschwitz hätte ihren berühmtesten Schüler (das bin ich nämlich, wegen der Sache mit Frrk) und ihren neuesten Mathelehrer sofort erkannt.

„Dein Bordcomputer hat das falsche Sprachprogramm aktiviert. Ich empfehle dir, auf Hochdeutsch umzuschalten, das wird von den Menschen in dieser Erdregion sehr viel besser verstanden“, schlug Frrk freundlich vor.

Ehrlich gesagt, in dem Moment hätte ich ihn erwürgen können. Solange uns Zmrrx einfach für irgendeinen Jungen und irgendeinen dicken Mann hielt, hätten wir uns aus dieser Lage irgendwie rausmogeln können. Aber nein, Frrk hatte uns soeben hoffnungslos enttarnt! Niemand auf diesem Planeten hätte Zmrrx den Tipp mit dem Bordcomputer geben können – außer seinem alten Kumpel, den er gerade so dringend suchte.

Das Gesicht der Koschwitz verzog sich zu einem teuflischen Lächeln. Sie zog einen schwarzen Kasten hervor, tippte darauf herum und sagte: „Danke für den Hinweis. Ist es so besser – Frrk?“

Frrk sog erschrocken die Luft ein und schlug sich die Hände vor den Mund. Panisch zerrte ich am Ärmel der Böhnckeschen Anzugjacke. „Los, hauen wir ab!“, schrie ich.

Wir stürzten unter der Plane hervor und versuchten, seitlich an Zmrrx vorbeizurennen. Aber daraus wurde nichts. Zmrrx packte mich mit der linken und Frrk mit dem rechten Hand und hielt uns hoch in die Luft, als wären wir Kinderspielzeug. Das war es also, was Frrk gemeint hatte, als er von Zmrrx' Superkräften erzählte!

Zmrrx schwenkte Frrk und mich vor seinem Koschwitz-Gesicht und ließ dabei ein Kichern hören, das halb nach Schulrektorin und halb nach durchgeknalltem Alien klang. „Dass Tmllper niemanden täuschen können, ist manchmal wirklich unpraktisch, nicht wahr? Und jetzt: Her mit dem Supermatsch!“

Ich zappelte und brüllte, aber hier hinter der Bühne war weit und breit niemand, der uns hätte helfen können. Verdammt, wo blieb Elli mit der EZA? Verzweifelt guckte ich mich um. Aber alles, was ich sah, waren die Glitzerelfen, die sich jetzt oben auf der Bühne für ihren Auftritt bereit machten. Ich konnte Lilly erkennen, die nervös an ihrem Pailettenkleid zupfte. Genau in dem Moment hob sie den Blick und sah mich auch. „Was machst du denn da mit der komischen Frau, Tom? Du hast jetzt gar keine Zeit, Schweinebaumeln zu spielen. Komm schnell her, wir sind gleich dran!"

Innerhalb von Sekunden reifte ein Plan in mir. Es ist ja nicht so, dass immer nur Elli gute Ideen hat. „Okay, Zmrrx, du hast gewonnen“, sagte ich. „Wenn du uns runterlässt, zeigen wir dir, wo wir den Matsch versteckt haben.“

Frrk machte ein ängstliches Böhncke-Gesicht und schüttelte heftig den Kopf. „Das dürfen wir nicht, Tom! Wir bringen meinen Heimatplaneten in größte Gefahr, wenn wir Zmrrx den Matsch aushändigen.“

„Ja, schon, aber was bleibt uns anderes übrig, Frrk? Es ist genau wie damals, als die Polizisten dich festnehmen wollten. Erinnerst du dich?“, sagte ich und plinkerte dabei wie wild zu ihm rüber.

Bei seinem ersten Besuch auf der Erde hatte Frrk nämlich zum ersten und einzigen Mal selber eine List angewandt. Er hatte so getan, als wollte er sich vor seiner Festnahme noch von mir verabschieden, und dann waren wir zusammen auf meinem Skateboard abgehauen. Wenn er sich daran erinnerte, kapierte er vielleicht, dass ich jetzt gerade auch NUR SO TAT. Und tatsächlich: „Ich denke, ich verstehe dich jetzt, lieber Tom“, sagte Frrk. „In Ordnung, Zmrrx: Wenn du uns hinunterlässt, übergeben wir dir den Supermatsch.“

Halleluja, er hatte es kapiert! Und weil Zmrrx sich nicht im Traum vorstellen konnte, dass Frrk ihn beschummelte, ließ er uns unsanft zu Boden plumpsen. „Vorwärts, zeigt mir den Weg!“, knurrte er.

Aber wir dachten gar nicht daran. „Ab auf die Bühne“, schrie ich Frrk zu. Wir rappelten uns auf und stürmten los. Zmrrx war so verdattert, dass er die Verfolgung etwa drei Sekunden zu spät aufnahm: Als er das Holzpodest erreichte, waren Frrk und ich schon oben.

„Du bist enttarnt, Zmrrx!“, schrie ich ihm zu. „Hier auf dem Fest sind Alienjäger, die wissen, dass du dich in Frau Koschwitz verwandelt hast. Wenn du uns auf die Bühne folgst, werden sie dich sofort sehen. Und dann schnappen sie dich!“ Ein Blick über die Schulter sagte mir, dass meine Warnung wirkte: Zmrrx zog den Kopf ein und verdrückte sich. Genauso hatte ich mir das gedacht: Solange Frrk und ich auf der Bühne standen, waren wir vor unserem Verfolger sicher.

„Hi Lilly!“, rief ich. „Ich hoffe, wir kommen nicht zu spät?“

Lilly stand immer noch mit den anderen Tänzerinnen am Bühnenrand und wartete darauf, dass die Bürgermeisterin mit ihrer viel zu langen Ansage fertig wurde. Als Frrk und ich auf sie zukamen, fing sie vor Begeisterung an zu hüpfen. „Super! Ich dachte schon, du kommst nicht!“

„Klaro, ist doch Ehrensache. Guck mal, Frrk tanzt auch

mit“, murmelte ich und guckte ängstlich über meine Schulter. Aber von Zmrrx war nichts mehr zu sehen.

„Ich dachte, ein solcher Auftritt beschämt dich?“, staunte Frrk, als ich uns kurz entschlossen mitten zwischen die Elfen drängelte. „Schon, aber das ist mir jetzt mal kurz egal“, raunte ich ihm zu. Lilly strahlte uns selig an. Ihre Kursleiterin guckte dagegen etwas verwirrt auf ihre neuen Ensemblemitglieder. „Sehen Sie, Frau Thiele, ich hab doch gesagt, dass mein Bruder kommt. Und unseren Außerirdischen hat er auch mitgebracht“, rief sie.

„Aber… aber können die beiden denn überhaupt die Schritte?“, fragte die Tanzlehrerin.

Frrk und ich nickten eifrig. „Meine Schwester hat mir und unserem Onkel alles beigebracht. Wir würden wahnsinnig gerne mitmachen“, versicherte ich.

Frau Thiele lächelte. „Na gut. Dann macht mal Platz für unsere beiden neuen Elfen, Kinder!“ Sie schob Frrk und mich in die erste Reihe direkt neben Lilly.

Ich spähte noch mal nach allen Seiten, aber Zmrrx blieb weiter verschwunden. Dafür entdeckte ich mitten auf dem Rathausplatz Elli und Katharina Schlüter, die sich eilig einen Weg zur Bühne bahnten. Ihnen folgten drei mit Fangnetzen ausgestattete EZA-Agenten. Aufgeregt winkte ich ihnen zu und deutete hinter mich. Wenn sie sich beeilten, konnten sie Zmrrx vielleicht noch im Backstage-Bereich schnappen.

Aus den Boxen neben der Bühne säuselten jetzt die ersten Töne der Musik zum „Flug der kleinen Glitzerelfen". Die Vorschulmädchen links und rechts hoben alle gleichzeitig ihre Arme, hielten sie hoch über ihre Köpfe und machten einen niedlichen Hüpfer nach vorn. Frrk und ich hüpften mit. Dann wirbelten wir mit den anderen im Kreis herum und schlugen dabei mit den Armen, als wären sie Flügel. Okay, es sah wahrscheinlich total bescheuert aus, aber rein technisch waren Frrk und ich ziemlich gut: Frrk hatte schließlich geübt, und ich hatte den Elfentanz mindestens tausend Mal bei Lilly gesehen.

Während wir mit den anderen im Kreis flatterten, sah ich aus den Augenwinkeln, wie die EZA-Agenten wieder hinter der Bühne hervorkamen. Unter einem ihrer Netze zerrten sie eine heftig zappelnde Gestalt mit sich. Katharina Schlüter beruhigte derweil einen Pulk aufgeregter Leute, denen die seltsame Aktion offenbar Sorgen machte. Ein Glück: Die EZA hatte Zmrrx geschnappt! Vor Erleichterung drehte ich eine Extra-Pirouette und erntete Spontanapplaus.

Damit näherte sich der Elfentanz auch schon dem Finale. Mitten auf der Bühne bildeten wir einen Halbkreis. Dann rannte jede einzelne Elfe flügelschlagend in die Mitte, legte dort eine Art Stepptanz hin, schwirrte zum Bühnenrand und verbeugte sich vor dem applaudierenden Publikum. Als Frrk dran war, brandete Jubel auf. „Yeah! Mega, Dr. Böhncke!", schrie Nina Rückert aus meiner Klasse. Als Nächster flatterte ich selber nach vorn. Die Menge klatschte begeistert, und ich verbeugte mich extratief, damit mein knallrotes Gesicht wenigstens ein paar Sekunden nicht zu sehen war. Ganz deutlich hörte ich Jonas' Stimme aus dem Gejohle heraus. Ich schaute hoch und guckte ihm direkt in die Augen. Er stand genau vor der Bühne und schwenkte grinsend sein Handy. *„Ey Bauer, ich hab dich gerade bei ‚Let's Dance' angemeldet! Als Partnerin von Luke Mockridge!"*

14. Zmrrx schlägt zurück

Ich hätte nie gedacht, dass man mit ein bisschen Getanze so ein Hallo auslösen kann. Kaum war die Musik zu Ende, stürzte sich ein Dutzend Vorschulmädchen jubelnd auf Frrk. Er war eindeutig der Star der Vorstellung. Ich war kein bisschen neidisch und wollte mich schon davonmachen, als sich plötzlich Lilly auf mich warf. „Das war super, du bist der allerbeste Bruder!“ Dann sprang sie mir an den Hals und fing an, mich abzuschmatzen. „Schon gut, krieg dich wieder ein“, brummte ich hilflos und versuchte, ihre klebrigen Finger von meinem Nacken zu lösen.

Da legte sich plötzlich eine Hand auf meine Schulter. Ich fuhr herum. Hinter uns stand Papa. Er hatte einen seltsamen Gesichtsausdruck. Ich schluckte. Wahrscheinlich war er gekommen, um mich direkt zu meinem ersten Termin beim Kinderpsychologen zu schleifen.

„Ich kann das alles erklären", sagte ich schnell. Papa sagte gar nichts. Er öffnete die Arme und presste mich mitsamt der festgekrallten Lilly an sich. „Das war so großartig, Tom!", brach es aus ihm heraus. „Weißt du, als ich gestern gesehen habe, wie du auf dem Schulhof getanzt hast, da hab ich einfach nicht kapiert, dass du das alles nur für Lilly tust. Was die anderen sagen, ist dir völlig egal, solange du deiner kleinen Schwester eine Freude machst. Das ist so LIEB von dir. Und so REIF und ERWACHSEN. Und ich Ochse hab gedacht, du bräuchtest psychologische Hilfe ..." Er wischte sich verstohlen die Augen.

„Schon gut, Papa. Man tut, was man kann", brummte ich verlegen. Papa streichelte Lilly und mir über die Köpfe. „Ihr beide werdet so schnell groß, dass ich es in Hamburg gar nicht richtig mitkriege. Wir müssen unbedingt mal wieder was richtig Schönes zusammen machen, findet ihr nicht auch?"

Ein warmes Gefühl in meinem Bauch sagte mir, dass sich eins meiner vielen Probleme gerade gelöst hatte. Ich strahlte Papa an und nickte. „Das wäre super. Und es muss auch nicht unbedingt was mit Mathe zu tun haben." Kaum hatte ich das gesagt, sah ich in der Menge auf dem Rathausplatz zwei winkende Hände auftauchen. Ich guckte genauer hin und erkannte, dass es Ellis waren.

„Ich muss los, Papa", sagte ich und drückte ihn noch mal, bevor ich losspurtete. „Hab noch 'ne Kleinigkeit zu erledigen."

Elli, Frrk und ich trafen uns hinter der Bühne und zogen uns zum ungestörten Reden in eins der Umkleidezelte zurück. Wir hockten uns auf die Kisten mit Requisiten für eine Zaubershow, die am Nachmittag steigen sollte, und Elli erzählte von Zmrrx' Festnahme, die sie live miterlebt hatte. Unseren Tanzauftritt hatte sie deswegen zum Glück komplett verpasst. „Er war total überrascht. Und wie der rumgezetert hat", kicherte sie. „Er hat immer wieder gerufen, er sei die Schulrektorin und außerdem die Cousine der Bürgermeisterin und dass die ganze Sache ein Nachspiel haben würde."

Ich stutzte. „Komisch. Frrk hat doch neulich nicht mal gleich kapiert, was ein Vater ist. Da ist es doch schräg, dass Zmrrx das Wort ‚Cousine' kennt."

Frrk warf mir einen alarmierten Blick zu. „Ups", sagte er. „Ich befürchte, da stimmt etwas nicht."

In genau diesem Moment wurde die Zeltplane zurückgerissen. Herein stürmte, schnaufend und mit rollenden Augen – die Koschwitz! Das heißt, in Wahrheit war es natürlich Zmrrx. Katharina Schlüter und die EZA-Agenten hatten aus Versehen die richtige Frau Koschwitz mitgenommen! Zmrrx hatte sich so lange versteckt gehalten und seelenruhig abgewartet, bis Frrk und ich mit unserem Tänzchen fertig waren. Und jetzt würde er uns schnappen!

Koschwitz-Zmrrx baute sich vor uns auf und schwenkte bedrohlich eine schwarze Damenhandtasche. „Meine Geduld mit euch ist zu Ende. Her mit dem Supermatsch oder ich eliminiere euch!“, bellte er. Er griff in die Handtasche und förderte ein langes, schwarzes Ding zutage, das ein bisschen aussah wie der Lockenstab meiner Mutter. Elli, Frrk und ich hatten im selben Moment dieselbe Idee: Wir sprangen von den Kisten und verschanzten uns dahinter.

Zmrrx lachte fies und wedelte mit dem schwarzen Dings. „Glaubt ihr etwa, die lächerlichen Behältnisse, hinter denen ihr euch verbergt, könnten dem Schuss einer Strahlenkanone standhalten?“

„Tja, da hat er wohl recht“, murmelte Elli.

Während ich noch fieberhaft überlegte, wie wir aus diesem Mist wieder rauskommen sollten, hechtete plötzlich eine lange, dünne Gestalt ins Zelt. Sie stürzte sich auf Zmrrx und riss ihn zu Boden. Es war – Florian Meisenkamp. Das heißt: Eigentlich war es der Frosch. Er rang den Außerirdischen nieder, stopfte ihm etwas in den Mund und rollte sich dann wie ein Judokämpfer zur Seite!

„Papa …“, staunte Elli.

„Das war Käse“, keuchte der Frosch und steckte sich hastig selbst einen Gouda-Würfel in den Mund. „Achtung, die Transformation wird gleich einsetzen!“

Tatsächlich: Koschwitz-Zmrrx stöhnte. Sein Gesicht verfärbte sich orange, und er wälzte sich auf dem Boden herum. Neben ihm kugelte sich der Frosch, der sich ebenfalls zurückverwandelte.

„Die Strahlenkanone!“, rief Elli. „Los, wir müssen sie ihm wegnehmen.“ Ich schnappte mir das schwarze Dings und richtete es auf Zmrrx, der nach und nach seine wahre, orange-schleimige Gestalt annahm. Ein breites Grinsen breitete sich auf meinem Gesicht aus: Der Typ war geliefert. Wir hatten gewonnen!

„Saubere Aktion, Papa“, lobte Elli den Frosch, der sich gerade aufrappelte und seine Cordhose abklopfte. Er steckte jetzt wieder in seinem richtigen Körper. „Aber woher wusstest du überhaupt, dass wir hier sind? Und seit wann kannst du Klavier spielen?", schob sie fast noch drängender hinterher.

Der Frosch lächelte geschmeichelt. Er sah aus, als hätte er sich lange nicht mehr so wohlgefühlt. „Erstens habe ich vor deiner Geburt jahrelang in einer Jazzband gespielt", antwortete er. „Und zweitens habe ich vor ein paar Minuten von Weitem gesehen, wie die EZA-Agenten Frau Koschwitz in ihren Transporter gestopft haben. Die Art, wie sie dabei vor sich hin geschimpft hat, war so typisch Koschwitz, dass mir sofort klar wurde, dass Katharina die Falsche erwischt hat. Beziehungsweise: die Richtige." Der Frosch zuckte die Achseln. „Also habe ich mir ein paar Käse-Happen eingesteckt und bin euch suchen gegangen."

Zmrrx war inzwischen auf seinen Schleimfuß gekommen und glotzte mit sechs funkelnden Augen von einem zum anderen. Er sah wirklich genauso aus wie Frrk, bloß in Orange und sehr schlecht gelaunt. „Glaubt ihr wirklich, es wäre so einfach, mich zu besiegen?", blubberte er. „Ich hätte Mitleid mit euch – wenn ich zu solchen Gefühlen in der Lage wäre."

Ich lachte spöttisch und hob die schwarze Kanone. „Klappe, du Schleimkloß. Wenn du nicht spurst, verpasse ich dir was mit deinem eigenen Strahlendings." Ich fühlte mich großartig. So ein Teil hatte ich mir mein schon ganzes Leben lang gewünscht! Und dass ich damit jetzt ein bösartiges Alien in Schach hielt, war obercool – eine echte Entschädigung für die Glitzerelfen-Nummer.

Frrk, der direkt hinter mir stand, und auf das Ding in meiner Hand guckte, murmelte besorgt: „Bei näherer Betrachtung scheint mir zweifelhaft, dass es sich hierbei tatsächlich um eine Strahlenwaffe handelt. Jedenfalls stammt dieses Gerät eindeutig von der Erde."

„Du hast völlig recht, Frrk", blubberte Zmrrx und machte eine blitzartige Bewegung. Ein orangefarbener Tentakel schnellte vor und legte sich um Elli! Erschrocken sog der Frosch die Luft ein. „Oh nein, meine Elli kriegst du nicht!", brüllte er dann. „Na los, Tom, mach schon: Baller ihn um!"

Mir brach der Schweiß aus. So eine Strahlenkanone zu benutzen, war etwas ganz anderes, als bloß lässig damit herumzufuchteln. Aber was blieb mir übrig – es ging schließlich um meine beste Freundin! Suchend fuhr mein Finger über das Dings und suchte den Auslöser. Ich fand einen kleinen runden Knopf und drückte ab.

Es summte. Ich spürte, wie das Gerät in meiner Hand warm wurde. Und da begriff ich. Ich Volldepp! Mit meinem ersten Gedanken hatte ich völlig richtiggelegen: Das Ding war keine Strahlenkanone, sondern – ein Lockenstab! Genau wie der,

den meine Mutter manchmal benutzte. Der Koschwitz war ihre Frisur offenbar so wichtig, dass sie das Teil immer griffbereit in ihrer Handtasche hatte – aus der hatte Zmrrx es ja schließlich auch herausgezogen.

Zmrrx lachte finster. „Ihr Erdlinge seid wirklich furchtbar leicht hinters Licht zu führen. Fast so leicht wie Tmllper. Ich selbst habe mir die Kunst der Lüge und Verstellung in jahrelanger Übung beigebracht. Für einen Weltraumpiraten wie mich sind das wertvolle Eigenschaften. Und jetzt: den Supermatsch, bitte. Meine Geduld mit euch geht langsam zu Ende. Wenn ihr mir den Matsch nicht sofort übergebt, werde ich diesen jungen Menschen hier auf mein Raumschiff verschleppen. Ich brauche dringend einen neuen Putzsklaven." Er kicherte diabolisch und schlang seine Fangarme noch fester um Elli.

„Aber das geht nicht, Zmrrx", protestierte Frrk. „Elli ist eine angehende Reptilientierärztin und für den Beruf als Putzfrau eindeutig überqualifiziert …"

Mir schwirrte der Kopf, so schnell hatte das Blatt sich gewendet. Unsere Pläne, die ganze irre Körpertauschaktion – das war alles total für die Katz gewesen. Und dabei hatten wir uns so schlau gefühlt! Offenbar hatten wir Zmrrx gewaltig unterschätzt. Wenn dieser Fiesling erst den Supermatsch in seinen Tentakeln hielt, was würde dann aus Tmllp werden? Und aus der Erde und dem ganzen Rest?

„Verrate ihm bloß nichts, Tom. Dieser hässliche Schleimpfropf wird nie aus uns rauskriegen, wo der Matsch versteckt ist!“, wütete Elli und trat Zmrrx kräftig auf den Fuß. Aber der zuckte nicht mal zusammen.

Ich zögerte. Außer Elli war ich der Einzige, der wusste, wo der Supermatsch war. Ich konnte doch nicht zulassen, dass Elli den Rest ihres Lebens als Putzfrau eines Aliens verbringen musste! Gleichzeitig wollte ich aber auch auf keinen Fall schuld sein, wenn Zmrrx mithilfe des Matsches einen Todesstern baute und sich die komplette Galaxis unter den Nagel riss. Hilfesuchend guckte ich Frrk an, aber dessen Böhncke-Gesicht wirkte auch völlig ratlos. „Das ist eine äußerst kompliziert und hochgefährliche Situation“, murmelte er. „Was sollen wir jetzt bloß machen, Tom?“

„Ganz einfach“, sagte der Frosch mit grimmiger Entschlossenheit. „Wir retten Elli.“ Er wandte sich an Zmrrx. „Der Supermatsch befindet sich in einem Reptilienterrarium in der Lüdenscheidstraße 8a, dritter Stock links. Und jetzt nehmen Sie SOFORT Ihre Tentakeln von meiner Tochter!“

Verblüfft starrten wir anderen ihn an. Wie zum Geier hatte er das rausgekriegt? „Das kannst du doch nicht machen,

Papa", jammerte Elli, die immer noch vom Zmrrx festgehalten wurde. „Was soll denn jetzt aus dem Universum werden?"

Der Frosch blinzelte und verzog den Mund zu einem typischen Froschlächeln. „Was nützt mir das Universum, wenn ich keine Elli mehr habe?"

Zmrrx ließ wieder sein Schurkengelächter hören und schubste Elli ein Stück vorwärts. „Sehr gut. Dann gehen wir jetzt alle zusammen zu dieser Behausung und überprüfen, ob ihr auch die Wahrheit gesagt habt. Ich weiß, dass man sich darauf bei euch Menschen niemals verlassen darf."

Damit trieb er uns vor sich her aus dem Zelt. Draußen war das Stadtfest jetzt in vollem Gange. Vor der Bühne auf dem Rathausmarkt drängten sich Hunderte und beklatschten ein Konzert der Schülerband „Die Punk Hamster". Ich stapfte vorwärts ins Gedränge und rechnete fest damit, dass eine Massenpanik ausbrechen würde, sobald die Leute Zmrrx zu Gesicht kriegten. Vielleicht war das die letzte Chance für uns, abzuhauen?

Aber es kam ganz anders. Die meisten warfen bloß einen kurzen Blick auf unsere Truppe und wippten dann weiter zu den Hamster-Songs mit. Ein paar guckten auch interessiert. „Geiles Kostüm!", sagte ein dicker Junge anerkennend, als

Zmrrx mit Elli in den Fangarmen an ihm vorbeiglitt. „Hilfe, Hilfe, ich werde von einem Schleimmonster aus dem Weltall entführt!“, brüllte Elli. Die Leute lachten nur und gingen höflich zur Seite, um Zmrrx Platz zu machen. „Ihr habt ja ulkige Ideen! Gehört das auch zur Schulshow?“, fragte ein älterer Herr freundlich.

„Das Wort ‚ulkig‘ ist in diesem Zusammenhang vollkommen unangemessen. Die Zukunft mehrerer bewohnter Planeten steht auf dem Spiel“, antwortete Frrk entrüstet, aber da lachte der Mann nur noch mehr.

Zmrrx mochte hundsgemein sein, aber eins musste man ihm lassen: Eine coole Sau war er auch. Er beachtete die kichernden, fingerzeigenden Menschen einfach nicht und trieb uns weiter Richtung Parkplatz. „Führt mich zu eurem Fahrzeug und bringt mich unverzüglich zu dem Ort, wo der Matsch versteckt ist“, kommandierte er. Was blieb uns jetzt noch anderes übrig?

Als wir vor der Wohnung von Elli und dem Frosch in der Lüdenscheidstraße hielten, hatten wir noch etwas über Zmrrx herausgefunden: Er war eine ziemliche Nervensäge. Die ganze Fahrt über gab er damit an, wie schlau er uns reingelegt hatte. Außerdem erzählte er haarklein, mit welchen fiesen Methoden er bald überall im Universum Furcht und Schrecken verbreiten würde.

„Und mit dem Blödmann warst du mal befreundet?“, flüsterte ich Frrk zu, der jetzt wieder in seinem vertrauten Schleimkörper steckte. Kurz bevor wir ins Auto gestiegen waren, hatte der Frosch ihm schnell noch einen Käsewürfel zu essen gegeben, denn mit der Böhnke-Wampe hätte er nicht zwischen mich und Elli auf die Rückbank gepasst.

Frrk machte ein trauriges Gesicht. „Früher war er ganz anders. Der Stromschlag damals hat sein Gehirn komplett umgepolt.“

„Was genau haben Sie eigentlich davon, wenn alle vor Ihnen zittern?“, erkundigte sich der Frosch, als wir aus dem Auto stiegen.

Zmrrx schnappte sich wieder Elli und steuerte mit ihr auf die Haustür von Nummer 8a zu. Offenbar musste er erst eine Weile überlegen, bis ihm eine gute Antwort auf die Froschfrage einfiel. „Erstens müssen mich dann alle mit ‚Herrscher des Universums‘ ansprechen“, blubberte er. „Und außerdem müssen sie alles machen, was ich ihnen befehle. Zum Beispiel mir mehrmals pro Stunde huldigen.“

Der Frosch nickte, während er die Haustür aufschloss. „Ja, aber wo bleibt denn da der Spaß? So richtig schöne, spannende Erlebnisse hat man doch nur zusammen mit echten Freunden. Werden Sie solche Freunde haben, wenn Sie ‚Herrscher des Universums' sind?"

Ich wunderte mich ja schon den ganzen Tag über den Frosch und seine neuen Fähigkeiten als Pianist und Alienbekämpfer. Aber dass ausgerechnet ER, der unbeliebteste Lehrer unserer Schule, der seine komplette Freizeit allein mit Matheformeln verbrachte, einem Alien einen Vortrag über Freundschaft hielt – darüber staunte ich erst recht. Irgendwie war der Frosch nicht mehr der Alte, seit er von seinem Trip nach Tmllp zurück war. Lag es vielleicht an der Weltraumstrahlung? Oder hatten ihn seine Reiseerlebnisse und die Unterhaltungen mit Frrk so verändert?

„Freunde!" Zmrrx schnaubte verächtlich. (Ich fand, dass es ein kleines bisschen trotzig klang.) „Ich kann mich auch ohne Freunde amüsieren. Und falls nicht, dann zwinge ich eben ein paar Leute dazu, meine Freunde zu sein. Zum Beispiel Frrk. Mit dem hatte ich früher jede Menge Spaß."

Frrk, der neben Zmrrx und Elli die Treppe hochschleimte, nickte bestätigend. „Ja, den hatten wir. Aber du brauchst mich gar nicht dazu zu zwingen. Ich wäre sehr gern wieder dein Freund. Aber nur, wenn du aufhörst, uns zu bedrohen und wieder genauso nett bist wie früher."

Kurz hatte ich den Eindruck, dass Zmrrx noch einen Tick oranger wurde, als er sowieso schon war. „Das kann ich aber nicht! Ich habe das Nettsein verlernt, und zwar deinetwegen", blubberte er wütend. „Du und dein Schrotthaufen von Raumschiff seid schuld, dass ich so geworden bin! Und jetzt vorwärts, ich will endlich den Supermatsch."

In der Wohnung von Elli und dem Frosch war es immer noch so kühl und muffig wie in einem alten Keller. In den letzten beiden Tagen hatte die Schlüter Elli immer extra aus dem EZA-Labor hergefahren, damit sie ihrer geliebten Bartagame pünktlich Heimchen und Mehlwürmer servieren konnte. Dabei waren Elli und die Schlüter schön ins Fachsimpeln gekommen, denn wie sich herausstellte, hatte die Schlüter Zoologie studiert und kannte sich mit Schuppenkriechtieren recht gut aus. „Vielleicht studiere ich das später auch mal. Mit Schwerpunkt auf Herpedologie. Das ist die Lehre von den Lurchen und Kriechtieren", hatte Elli mir neulich noch erzählt.

Das schien ewig her zu sein. Jetzt schimpfte Elli, von Zmrrx rücksichtslos in ihr Zimmer gestoßen, laut auf ihren Entführer ein. „Lass deine schleimigen Grapscher ja nicht in die Nähe meiner Griselda kommen!"

Zmrrx schubste sie achtlos zur Seite und warf durch die

Glasscheibe einen abschätzigen Schielblick auf die Bartagame. „Ich werde diese hässliche kleine Kreatur nicht anrühren. Es sei denn, du weigerst dich, mir den Matsch auszuhändigen."

Elli zögerte. Ich konnte fast sehen, wie sie hinter ihrer Stirn blitzschnell Rettungspläne ausbrütete. „Gib ihm das Zeug lieber, bevor er sauer wird", beschwor ich sie. „Zmrrx weiß sowieso schon ungefähr, wo es ist. Notfalls findet er es auch ohne unsere Hilfe."

Es war einer der seltenen Momente, in denen Elli sich geschlagen gab. Ratlos zuckte sie die Achseln und hob den Deckel des Terrariums. Sofort hüpfte Griselda hinter einer Pflanze hervor und beobachtete neugierig Ellis Hand, die nun den Stein zur Seite schob und zu graben begann. Plötzlich stutzte Elli. Sie beugte sich tiefer ins Terrarium und buddelte an einer anderen Stelle. Dann scharrte sie noch ein Stück weiter links. Als sie sich wieder aufrichtete, war sie kreidebleich. „Das gibt's doch nicht", stammelte sie. „Der Matsch ist weg!"

15. „Es geht um Elli!"

Im Zimmer war es einen Moment lang totenstill. Frrk, Elli, der Frosch, ich selber und sogar Zmrrx mussten den Schock über das Matschverschwinden erst mal verdauen. Ich guckte von einem zum anderen und versuchte, das Ganze zu kapieren. Aber Frrk war schneller. „Jemand muss den Matsch weggenommen haben", folgerte er. Das war knallharte tmllpische Logik. In Gedanken fügte ich noch hinzu, dass dieser Jemand sich mit hoher Wahrscheinlichkeit in diesem Zimmer befand. Das Matschversteck kannten schließlich nur Elli, ich – und der Frosch.

Zmrrx schleimte zum Terrarium und wühlte mit seinen Fangarmen im Sand. Die Matschkugel fand er aber auch nicht. Mit blitzenden Glupschaugen fuhr er auf Elli los. „Ich will jetzt keine weiteren Ausreden hören", blubberte er drohend. „Wenn ihr mir nicht sofort den Supermatsch übergebt, werdet ihr diesen Menschen hier nie wiedersehen." Sein Tentakel packte Ellis Handgelenk.

Frrk, der Frosch und ich guckten einander hilflos an. „Wenn Sie die Kugel haben, ist das genau der richtige Zeitpunkt, sie rauszurücken, Herr Dr. Kaper", sagte ich flehend.

Aber der Frosch schüttelte den Kopf. „Ich habe sie nicht genommen, Tom. Natürlich dachte ich mir, dass du und Elli sie im Terrarium versteckt habt und habe zusammen mit Katharina dort nachgesehen. Aber wir haben sie genau dort gelassen, wo ihr sie hingelegt hattet."

„Moment mal!", rief Elli und wand sich zwischen Zmrrx Tentakeln. „KATHARINA wusste, wo der Matsch versteckt war?"

„Na, dann ist der Fall ja klar", schoss es mir durch den Kopf. Die Schlüter hatte sich die Kugel geschnappt! Sie war sowieso von Anfang an dagegen gewesen, sie in der Wohnung zu lassen. Und natürlich war sie als Wissenschaftlerin scharf auf das Zeug. Mir fiel ihr träumerischer Gesichtsausdruck ein, als sie sich vorgestellt hatte, einen Matschreaktor zu bauen. Ich guckte zum Frosch und sah, dass er plötzlich blassgrau um die Nase wurde. „Sie schien eine nette, intelligente Person zu sein. Ich habe ihr vertraut", murmelte er.

Frrk wiegte nachdenklich den Kopf. „Sie hat sicher nicht damit gerechnet, dass sie uns mit dem Wegnehmen des Matsches in Gefahr bringen würde. Ich schlage vor, dass ihr sie anruft und ihr unsere schwierige Lage schildert. Vielleicht ist sie bereit, Zmrrx den Matsch auszuliefern, im Tausch gegen Elli."

Zmrrx schlang seine Fangarme fester um sein Opfer. „Dann rate ich euch, euch zu beeilen. Das ist eure allerletzte Chance."

Mit zitternden Fingern tippte der Frosch auf seinem Handy herum. „Hallo, Katharina", sagte er dann mit belegter Stimme. „Wir sind hier in eine schlimme Situation geraten. Du hast vermutlich schon gemerkt, dass du die falsche Frau Koschwitz festgenommen hast?" Er lauschte einen Moment, und wir hörten leise und dumpf die Schnarrstimme der Schlüter, sehr aufgeregt und leider für uns komplett unverständlich. „Ja, genau", nickte der Frosch. „Wie sind jetzt mit Zmrrx in unserer Wohnung, und er droht, Elli auf sein Raumschiff zu verschleppen. Wenn du den Matsch aus dem Terrarium genommen hast: Bitte sag uns, wo er versteckt ist."

Die Schlüter redete wieder einen Moment. Ich behielt das Gesicht vom Frosch scharf im Auge, aber es hellte sich kein bisschen auf. Im Gegenteil: Er sah aus, als hätte ihm jemand in den Magen geboxt. „Ich würde dir so gern glauben, Katharina“, murmelte er. „Aber es ist nun einmal eine logische Gewissheit, dass du den Matsch genommen haben musst. Und ich dachte kurz, Elli und ich würden dir etwas bedeuten. Wie dumm von mir. Leb wohl.“ Er drückte den Auflegen-Knopf und schaute in die Runde wie ein krankes Reh. „Sie schwört, dass sie ihn nicht angerührt hat.“

Ich muss sagen, ich war echt von der Rolle. Okay, die Schlüter war ein bisschen fanatisch als Alien-Jägerin. Aber dass sie bereit war, Elli für den Supermatsch zu opfern, das hätte ich ihr doch nicht zugetraut.

Zmrrx verfärbte sich schon wieder bedrohlich ins Dunkelorangerote. „Vielleicht liegt euch allen einfach nicht genug an diesem Menschlein hier. An dem hässlichen Tier in dem Glaskasten scheint ihr mehr zu hängen“, ätzte er und schubste Elli von sich weg. Einer seiner Fangarme schnellte ins Terrarium und schnappte sich Griselda, die arglos auf einem Ast herumgeklettert war. Dann schwenkte er die zappelnde Bartagame dicht vor Ellis Nase hin und her.

„Lass sie los, du Schleimi!“, brüllte Elli. Sie griff ein Kissen

von ihrem Bett und prügelte damit wild auf Zmrrx ein, aber der ließ sich mit einer geblümten Nackenrolle nicht kleinkriegen. Böse kichernd hielt er Griselda hoch über Ellis Kopf und zerrte mit einem anderen Fangarm am Kissenbezug.

Ich wurde so sauer, dass ich wahrscheinlich selber orange anlief. Langsam hatte ich diesen Mistkerl gründlich satt. „Erinnerst du dich an den Film, den wir gestern gesehen haben?", fragte ich Frrk. „Der, in dem sich die vielen bunten Leute gegenseitig verhauen haben?", fragte er zurück. Ich nickte grimmig. „Genau das machen wir jetzt mit dem Blödmann da. Glaubst du, du kriegst das hin?"

Der Frosch griff sich Ellis Schreibtischstuhl als Waffe und ging in Angriffsposition. „ICH bin jedenfalls dabei", murmelte er grimmig.

Aber wir kamen nicht mehr dazu, Zmrrx zu verdreschen. Vielleicht hatte Griselda ihre Reptiliennase voll und keine Lust mehr, in der Luft herumgeschwenkt zu werden. Vielleicht wollte sie auch ihr Frauchen verteidigen, wie Elli später gern behauptete. Ich selber glaube ja, dass sie Zmrrx' Tentakel einfach mit einem fetten Wurm verwechselt hat. Jedenfalls schnappte sie ganz plötzlich zu. Es gab einen kurzen grellen Blitz. Und dann knallte es.

16. Die Rache der Bartagame

Der Knall war mindestens so laut wie der, als Frrks Raumschiff in unsere Heuscheune gekracht war. Elli, der Frosch, Frrk und ich schrien alle gleichzeitig los. Es qualmte. Bücher, Kissen, Ellis Klamotten und sogar eine Schranktür flogen durch die Luft. Orangefarbener Schleim spritzte durchs Zimmer. Jemand riss die Tür auf und brüllte: „Alle runter auf den Boden!“

Normalerweise kann ich es nicht leiden, wenn man in so einem Kommando-Ton mit mir spricht, aber jetzt warf ich mich gehorsam der Länge nach hin, zog den Kopf ein und plierte durch den dicken Rauch. In der Tür erkannte ich eine kleine Gestalt mit Pferdeschwanz und einem Fangnetz.

„Roland? Elli?“ Es war die unverwechselbare Schnarrstimme der Schlüter.

„Bist du das, Katharina?“, fragte der Frosch und rappelte sich auf. Die Schlüter trat mit einem schnellen Schritt ins Zimmer und guckte sich um. Sie sah ziemlich verwirrt aus. „Seid ihr verletzt? Was ist hier passiert? Und wo ist Zmrrx?“

Das waren lauter gute Fragen. Ich kam auf die Füße und stellte fest, dass mir nichts weiter fehlte – mal davon abgesehen, dass ich vor orangenem Glibber nur so triefte. Aber wo der Knall hergekommen war, der Zmrrx weggepustet hatte, konnte ich beim besten Willen nicht sagen. Im ersten Moment hatte ich geglaubt, die Schlüter hätte eine Handgranate geworfen oder so. Aber außer ihrem Fangnetz schien sie völlig unbewaffnet zu sein.

Inzwischen hatte sich auch Frrk wieder aufgerappelt und lief suchend durchs Zimmer. „Oh nein, der arme Zmrrx“, blubberte er aufgeregt. „Ich fürchte, er ist geplatzt.“

„Nö, ist er nicht“, sagte Elli. Sie lag bäuchlings auf dem Teppich und zeigte unter ihr Bett. „Da drunter liegt er. Offenbar hat die Explosion ihn da hingeschleudert.“

Mit vereinten Kräften zerrten wir Zmrrx an seinen Tentakeln unter dem Bett hervor und knieten uns um ihn herum. Er stöhnte und wand sich, aber ansonsten schien er unversehrt zu sein. Mal davon abgesehen, dass er eine Menge Schleim verloren hatte.

„Wie auch immer das passiert ist: Vor diesem Außerirdischen muss im Universum jedenfalls keiner mehr Angst haben“, stellte die Schlüter fest.

Der Frosch beugte sich über Zmrrx weg zu ihr rüber und griff nach ihrer Hand. „Ich bin so froh, dass du gekommen bist, Katharina …“

„Nur, damit du es weißt, Roland: Ich habe den Supermatsch nicht gestohlen!“, knurrte die Schlüter grimmig. Die Hand vom Frosch nahm sie aber trotzdem. „Als du mich vorhin angerufen hast, bin ich sofort ins Auto gesprungen und hergerast. Aber wo der Matsch ist, weiß ich nicht. Ich schwöre, dass ich ihn nicht angerührt habe.“

Frrk, der bisher still dagesessen und seinem ehemaligen Freund Zmrrx mitfühlend über den Glibberschädel gestreichelt hatte, hob den Kopf und sagte: „Das ist die Wahrheit. Katharina Schlüter hat den Matsch tatsächlich nicht genommen. Es gibt für die sonderbaren Vorgänge der letzten Minuten nur eine einzige Erklärung: Ellis Schuppenkriechtier hat den Supermatsch gefressen.“

Entgeistert guckten wir ihn an. „Du meinst Griselda?“, fragte ich ungläubig. Frrk nickte. „Deswegen ist es zu der Explosion gekommen, als sie in Zmrrx' Tentakel gebissen hat. Die energetische Kraft des Matsches hat sich auf sie übertragen. Dass dies möglich ist und das Tier diesen Vorgang überlebt hat, finde ich höchst erstaunlich und äußerst faszinierend."

Bei diesen Worten kam Leben in Elli. Sie sprang auf und guckte sich panisch um. „Aber wo ist sie denn überhaupt? Wo ist Griselda?", rief sie und begann, die traurigen Reste ihres Kinderzimmers zu durchwühlen. Bald suchten wir alle nach der Bartagame, wobei ich mir an einer zu Bruch gegangenen Terrariumscheibe übel in den Daumen schnitt.

Am Ende war es der Frosch, der sie fand: Das kleine Reptil lag still und starr auf dem Bett, halb versteckt unter Ellis altem Teddy. „Griselda!", schrie Elli und stürzte zu ihr.

„Lass mich mal sehen." Die Schlüter beugte sich über die Bartagame und tastete sie vorsichtig ab. Als studierte Zoologin hatte sie vermutlich Ahnung von so was. Nach einer Weile strich sie Elli beruhigend über den Rücken. „Mach dir keine Sorgen, sie lebt noch", sagte sie tröstend. „Sie ist bloß in eine Art Schreckstarre gefallen. Bestimmt wacht sie bald wieder auf."

Vom Fußboden kamen jetzt Blubber- und Stöhngeräusche. „Passt auf, Zmrrx kommt zu sich!“, rief der Frosch. Er schnappte sich das Fangnetz, das die Schlüter neben der Tür abgestellt hatte und stülpte es über das benommene Alien. „Wo bin ich? Woher kam dieser Knall? Und was ist das für ein seltsames Gewebe über meinem Kopf?“, blubberte Zmrrx.

Frrk beugte sich besorgt über ihn. „Geht es dir wieder bes-

ser? Ich fürchte, du hast einen extrem starken elektrischen Schlag bekommen."

Zmrrx richtete sich auf und schüttelte sich. „Einen Schlag?", fragte er. „Wie ungeschickt von mir! Ich hätte beim Kalibrieren des Gammakompensators wirklich besser aufpassen sollen. Immerhin sollte dein Schiff dadurch einiges an Geschwindigkeit hinzugewonnen haben, lieber Frrk. Wir könnten später einen kleinen Testflug machen und es ausprobieren. Aber erst einmal schlage ich vor, dass wir uns ein paar schmackhafte Sumpfwürmer genehmigen. Ich habe großen Hunger, weißt du!"

17. Noch mehr Verwandlungen

Man kann sagen, dass der elektrische Schlag, den Griselda Zmrrx verpasst hatte, auf ganzer Linie ein Riesenerfolg war. Denn erstens hatte sie damit uns und den gesamten Planeten Tmllp davor bewahrt, von einem orangen Fiesling geknechtet zu werden. Und außerdem hatte sie den Fiesling auch noch aus seiner Fiesigkeit errettet. Denn nachdem Zmrrx zum zweiten Mal unter Strom gestanden hatte, war er plötzlich wieder ganz der Alte. Oder wie meine kleine Schwester Lilly es ausdrückte: „Der Zmrrx ist wieder lieb geworden!"

Seine Zeit als Weltraumpirat hatte er komplett vergessen. Es war nicht leicht, ihm klarzumachen, dass wir ihn nur ganz knapp davon abgehalten hatten, die Weltherrschaft an sich zu reißen. „Die Weltherrschaft?“, blubberte er kopfschüttelnd. „Zu welchem Zweck sollte ich über eine ganze Welt herrschen wollen? Das macht sicher eine gewaltige Menge Arbeit. Außerdem dürfte man es sich dabei mit Milliarden netter Lebewesen dauerhaft verderben. Da ziehe ich meine bescheidene Existenz als Raumschiffreparateur eindeutig vor.“

Mit Frrk verstand er sich auch wieder prächtig, so sehr, dass ich fast ein bisschen eifersüchtig wurde. Weil Zmrrx von dem Stromschlag noch ziemlich geschwächt war – Frrk behauptete, das läge am hohen Schleimverlust –, quartierten wir ihn erst mal auf der Gästecouch in unserem Wohnzimmer zu Hause in Kuhstedt ein. „So langsam komme ich mir vor wie auf einem Weltraumbahnhof“, seufzte Mama. Andererseits hatte sie auch etwas davon, denn seit Frrk und Zmrrx bei uns wohnten, war unsere Wohnung so gut wie fliegenfrei. Als Zmrrx wieder fit war, reparierte er außerdem das Dach unserer Scheune und Mamas alten Lieblingstraktor. Danach mochte sie ihn fast noch lieber als Frrk.

Noch mehr als Mama freute sich natürlich die Schlüter, dass unser Besuch von Tmllp noch ein Weilchen auf der Erde blieb. Frrk und Zmrrx stellten sich nämlich freiwillig als Forschungsobjekte zur Verfügung, nachdem die Schlüter ihnen

hoch und heilig versprochen hatte, sie nicht zu zerschnippeln. Das ganze EZA-Labor war deswegen total aus dem Häuschen und schob eine Sonderschicht nach der anderen.

„Na logo“, sagte Elli, die nach der Komplettzerstörung ihres Kinderzimmers schon wieder auf der Gästematratze in meinem Zimmer campierte. „Die sind total happy, dass sie endlich mal was Richtiges zu forschen haben. Durch eine einzige Schleimprobe von Frrk und Zmrrx lernen die mehr über Leben auf fremden Planeten als sonst in 50 Jahren oder so.“

Nur eine Sorge waren wir immer noch nicht los: Anders als wir gehofft hatten, war Griselda immer noch nicht aus ihrem seltsamen Tiefschlaf aufgewacht. Offenbar machte ihr die Matschportion, die sie verdrückt hatte, ziemlich zu schaffen. Starr wie ein Steiftier lag sie jetzt in einem der Laborterrarien, liebevoll umsorgt von Elli – und Katharina Schlüter, die mit Griselda ein weiteres faszinierendes Forschungsobjekt zur Verfügung hatte. „Schließlich ist sie das einzige Wesen auf unserem Planeten, das jemals eine außerirdische Substanz verschluckt hat. Und dann auch noch eine mit nahezu unendlichem Energiepotenzial!“, sagte sie.

Dass Elli ihr erlaubte, ihre geliebte Bartagame täglich zu untersuchen und sogar Schuppenproben von ihr zu nehmen, war ein echter Vertrauensbeweis. Die einzige Bedingung, die sie stellte, war, dass sie Griselda täglich nach der Schule besuchen durfte. Und weil ich meistens mitkam – schon um mit Frrk und Zmrrx zu plaudern, wenn sie gerade keine Tests mit den Wissenschaftlern machten – fühlten Elli und ich uns bei der EZA bald fast wie zu Hause.

Für Elli war das super, weil sie jetzt endlich Leute um sich hatte, die sich genauso für Wissenschaft, Biologie und den ganzen Kram interessierten wie sie selber. Und für mich war es auch gut: Denn erstens gab es im Pausenraum einen Tischkicker, und es stellte sich heraus, dass Frrk und Zmrrx für das Spiel ein Händchen hatten. Genauer gesagt: mehr als ein Dutzend geschickter Fangarme. Und zweitens schaffte es ein netter Astrobiologe namens Ulf, mir endlich Bruchrechnen beizubringen, sodass ich im nächsten Mathetest eine Zwei minus hatte – für meine Verhältnisse eine echte Meisterleistung.

Diesmal musste ich meinem Vater nicht am Telefon davon erzählen, sondern konnte ihm den Test persönlich unter die Nase halten. Seit unserem verrückten Gespräch in der Schule hat sich nämlich einiges geändert zwischen uns. Dass ich ihn mit meinem Auftritt als Dr. Böhncke reingelegt hatte, habe ich ihm später erzählt, weil ich so ein schlechtes Gewissen deswegen hatte. Zuerst war er ganz schön sauer – aber auch erleichtert, dass er mich doch nicht in den Wahnsinn getrieben hatte mit seinem Dauergenörgel über meine Noten.

„Rede ich wirklich die ganze Zeit nur über die Schule und deine Tests?", hat er gefragt. Als ich nickte, hat er ein ganz ernstes, nachdenkliches Gesicht gekriegt. Drei Wochen später hat er sich ein kleines Zimmer in Hildeshagen genommen, damit er da wohnen kann, wenn er an den Wochenenden aus Hamburg herkommt und uns besucht. Das macht er jetzt nämlich öfters. Dann unternimmt er was Schönes mit mir und Lilly, zum Beispiel gehen wir zusammen wandern oder Eis essen. Einmal haben wir auch Frrk mitgenommen, aber das war ziemlich nervig, weil andauernd Leute ankamen und Selfies mit ihm machen wollten.

Am meisten verändert hat sich durch die Sache mit Frrk und Zmrrx aber der Frosch. Vielleicht, weil er so viele aufregende neue Sachen erlebt hatte und ein paar Stunden lang seine eigene Tochter gewesen war. Ganz bestimmt lag es auch an Katharina Schlüter, denn in die war der Frosch so dermaßen verknallt, dass er sich neuerdings immer unfroschmäßiger benahm. Es fing damit an, dass er sich einen neuen Pullover kaufte – und zwar einen roten!

Der dickste Klopper kam an einem Mittwoch, als Elli und ich gerade Schulschluss hatten. Eigentlich wollten wir uns zu Hause bei Elli bloß schnell ein paar Brote machen, bevor wir mit dem nächsten Bus zum EZA-Labor fuhren. Aber daraus wurde nichts, denn unten vor der Haustür stand der Frosch mit seinem uralten Passat Kombi und zerrte an etwas Großem, das hinten halb aus einem Anhänger rausguckte.

„Was machst du denn da, Papa?", rief Elli schon von Weitem. Der Frosch richtete sich ächzend auf und zeigte mit leuchtenden Augen auf das große, eckige Ding. „Ich habe mir ein Klavier gekauft", sagte er stolz. „So gut wie neu und spottbillig. Hab's auf ebay Kleinanzeigen gefunden." Elli und ich guckten uns staunend an. Am meisten wunderte mich eigentlich, dass der Frosch ebay kannte, weil er sich mit solchen praktischen, vernünftigen Sachen sonst überhaupt nicht beschäftigte, sondern immer bloß mit Mathe und Physik.

„Prima", sagte Elli vorsichtig, „aber wo willst du das Riesenteil denn hinstellen? In deinem Zimmer ist doch alles voller Akten und Bücherregale."

Der Frosch machte eine lässige Handbewegung. „Kein Problem. Ich habe ein bisschen ausgemistet, weißt du. Hab ein paar Kisten voller alter Ordner weggeworfen."

Jetzt staunten wir noch mehr. Das Arbeitszimmer vom Frosch war sonst nämlich eine Art Heiligtum, in dem nichts angefasst werden durfte. Er machte sich immer bergeweise Notizen über seine Matherätsel, und davon durfte nichts wegkommen, weil er es vielleicht eines Tages noch mal brauchen würde. Jetzt zuckte er aber bloß die Achseln. „Diese Unterlagen waren uralt. Ich glaube nicht, dass ich da jemals wieder reingucke."

Wir halfen dem Frosch, das schwere Klavier hoch in den dritten Stock zu verfrachten. Daran, dass er das allein unmöglich schaffen konnte, hatte er beim Kauf nicht gedacht – das war dann doch wieder typisch! Elli klingelte noch ein paar Nachbarn raus, die mit anpackten, und nach einer Dreiviertelstunde stand das Ding endlich im Arbeitszimmer.

Der Frosch hockte sich sofort davor und fing an zu klimpern. Das heißt, er spielte irgendwas, das nach Jazz klang und eigentlich gar nicht übel. Elli zog sich einen Stuhl heran, setzte sich neben ihn und beobachtete seine Finger auf den auf Tasten. „Toll“, sagte sie. „Ich kann immer noch nicht fassen, dass du mir all die Jahre nicht erzählt hast, dass du Klavier spielen kannst.“

Der Frosch spielte leiser weiter und lächelte sie an. „Ich glaube, es gibt eine ganze Menge Dinge, die ich dir nicht erzählt habe. Aber ich hole es nach, versprochen.“

Elli grinste ein bisschen unsicher zurück. „Kannst du mir das auch beibringen? Falls ich noch mal irgendwo ein Solo spielen muss, hätte ich gern ein bisschen mehr drauf als ‚Alle meine Entchen‘.“

„Aber gern“, antwortete der Frosch. „Also, als Erstes musst du …“

Das war die Stelle, an der ich mich verabschiedete und alleine zur EZA fuhr. Klarer Fall: Die beiden brauchten dringend ein bisschen Vater-Tochter-Zeit. Und ich stand ehrlich gesagt doch mehr auf Tischkicker als auf Jazz.

Im Labor traf ich Frrk, der ganz allein auf dem großen Sofa im Aufenthaltsraum saß und mit seinen sechs Glupschaugen gedankenverloren an die Decke guckte. Die EZA-Leute hatten inzwischen sämtliche Möbel im Labor mit Schutzfolien bezogen, sodass Frrk und Zmrrx ruhig alles vollschleimen konnten. Bloß die Putzleute taten mir manchmal ein bisschen leid.

Ich schmiss meinen Schulrucksack auf den Boden und ließ mich neben Frrk aufs Sofa fallen. „Na, was läuft?", fragte ich. „Hast du gerade Testpause?"

Er nickte. „Ja. Die Wissenschaftler beschäftigen sich jetzt mit Zmrrx. Er zeigt ihnen, wie sie aus nur wenigen Tropfen seines Schleims einen Wachstumsbeschleuniger für Pflanzen herstellen können. Sie sind daran äußerst interessiert."

Mir fiel wieder der Supermatsch ein, der nach dem ganzen Schlamassel mit Zmrrx wohl für immer verloren war. „Mann, das ist so ein Mist, dass der Matsch weg ist!", fluchte ich. „Das Zeug wäre wirklich die ideale Lösung für die Energieprobleme hier auf der Erde gewesen. Meinst du, der Hohe Rat von Tmllp lässt sich von dir weichquatschen, uns noch mal einen Tropfen zu spenden?"

Frrk schüttelte bedauernd den Kopf. „Das glaube ich kaum. Als du eben hereinkamst, habe ich gerade darüber nachgedacht, dass ich sicher großen Ärger bekommen werde, wenn ich auf Tmllp vom Verlust des Matsches erzähle. Dass ein irdisches Tier ihn verspeist hat, dürfte den Hohen Rat noch zusätzlich erzürnen."

„Hmm", machte ich grüblerisch. „Aber genau genommen ist der Matsch doch gar nicht richtig WEG. Er ist jetzt bloß in Griselda drin. Wenn die endlich wieder wach wird, muss sie doch garantiert mal für kleine Bartagamen. Und dann könnte doch …"

Frrk blubberte nachdenklich. „Ich verstehe, was du meinst. Ich bin mir nur nicht sicher, ob Matsch von den Hängen des Snrrf seine besonderen energetischen Eigenschaften auch noch NACH der Verdauung durch Schuppenkriechtiere besitzt."

Ich zuckte die Schultern. Das wusste vermutlich niemand im ganzen Universum. Uns blieb nichts anderes übrig als abzuwarten. „Sag mal, freust du dich auch schon so auf die Party?", fragte ich, um Frrk auf andere Gedanken zu bringen. „Mama hat mir erzählt, dass Lilly ein Extra-Büfett für dich und Zmrrx vorbereitet. Sie gräbt schon seit Tagen den Acker um – nach Regenwürmern."

18. Ein Abschied und viele Überraschungen

Irgendwann mussten Frrk und Zmrrx natürlich wieder zurück nach Hause fliegen. Frrks Raumschiff war bei der Bruchlandung zum Glück nur leicht beschädigt worden, und dank Zmrrx' fantastischer Handwerkerfähigkeiten dauerte die Reparatur nur ein paar Tage.

Sein eigenes Raumschiff hatte er übrigens direkt nach der Landung still und leise im Holzschuppen vom alten Wittler deponiert, versteckt unter einem großen Haufen Fichtenscheite. Kein Wunder, dass die Kuhstedter Feuerwehr den „Meteoriten“ nicht gefunden hatte! Inzwischen hatte der Wittler das Flugei auf seinen größten Anhänger geladen und mit dem Trecker zu uns rübergezogen. Jetzt standen die beiden Raumschiffe abflugbereit nebeneinander auf unserem Hof und schillerten bunt in der Sonne.

Für den Abschied von Frrk und Zmrrx planten Elli und ich bei uns in Kuhstedt eine große Party. Wir hatten wahnsinnig viele Leute eingeladen: unsere Familien natürlich, Katharina Schlüter, das komplette EZA-Labor, den Wittler und außerdem Frau Koschwitz, Dr. Böhncke und Herrn Meisenkamp.

Besonders Frau Koschwitz hatte das echt verdient – schließlich war sie nicht nur verdoppelt worden, sondern auch noch verschleppt. Das EZA-Team hatte sich dafür natürlich tausendfach bei ihr entschuldigt. So richtig besänftigt war sie aber erst, nachdem die Schlüter ihr hoch und heilig versprochen hatte, beim nächsten *Boys-and-Girls-Day* zwei Dutzend Sechstklässler von unserer Schule anzunehmen – Plätze bei der EZA waren natürlich superbegehrt und immer schon Monate vorher weg.

Als der große Tag gekommen war, schoben Elli und ich mit vereinten Kräften die Flugeier mitten auf die Kuhweide, damit sie später eine gute Startposition hatten. Dann stellten wir auf dem Platz vor der Scheune Tische und Stühle auf, schmückten alles mit Papiergirlanden und karrten zusammen mit Katharina Schlüter jede Menge Häppchenplatten heran. Diesmal auch welche mit Ei und Salami.

„Wo sind eigentlich Frrk und Zmrrx abgeblieben?", ächzte Elli, als wir die letzte Kiste Apfelsaft aus unserem Keller hochschleppten.

„Ich glaube, die sind immer noch im Labor und erklären den Wissenschaftlern noch mal ganz genau, wie sie aus den Schleimproben möglichst viel von diesem tollen neuen Wachstumsbeschleuniger gewinnen können." Ich schnaufte, als wir die Kiste abstellten. „Das Zeug wirkt ja fantastisch. Hast du gesehen, wie riesig die Tomaten geworden sind, die sie damit gegossen haben?"

Elli nickte. „Ja, absolut gigantisch. Wäre bloß blöd, wenn die am Ende nach Zmrrx-Schleim schmecken."

Am späten Nachmittag trudelten nach und nach die Gäste ein. Die Ersten, die kamen, waren Dr. Böhncke und Herr Meisenkamp. Wir kannten uns schon, denn die beiden arbeiten inzwischen wirklich als Lehrer an unserer Schule. Herr Meisenkamp hatte endlich seine Stelle als Musikreferendar angetreten. Und der Böhncke teilte sich die Stelle als Mathe-, Physik- und Chemielehrer jetzt mit dem Frosch. Der war nämlich in Teilzeit gegangen, damit er Zeit hatte, ein Buch über seine Erlebnisse auf Tmllp zu schreiben. Er und der Böhncke kamen inzwischen ganz okay miteinander aus – obwohl ich glaube, dass der Frosch ihn insgeheim immer noch für einen *inkompetenten Hobbymathematiker* hält.

Böhncke und Meisenkamp hatten uns zum Glück schnell verziehen, dass wir sie erst den Kratzwürmern reingelegt und uns dann auch noch ihre Körper ausgeborgt hatten. „Das ist natürlich ein dickes Ding", hatte der Meisenkamp gesagt. „Aber immerhin konnten wir dadurch zur Rettung der Erde beitragen."

„Genau genommen sogar zur Rettung mehrerer Galaxien", hatte ihn Elli berichtigt.

Endlich kamen auch Frrk und Zmrrx aus dem EZA-Labor, und dann wurde es ein richtig schönes Fest. Lilly und Frrk brachten Zmrrx den „Flug der kleinen Glitzerelfen" bei. Der Frosch machte dazu Musik auf Mamas alter Heimorgel. Die Schlüter saß neben ihm und himmelte ihn an. Dr. Böhncke erklärte ein paar fasziniert lauschenden Astrobiologen die Mathematik des Einparkens am Beispiel mittelgroßer Personenkraftwagen. Und Mama unterhielt sich zum ersten Mal seit Monaten richtig lange mit Papa.

Irgendwann am frühen Abend bog plötzlich ein Taxi auf unseren Hof ein. Der Frosch sprang von der Orgel auf, als hätte er nur darauf gewartet. „Ah, da kommt meine Überraschung!“, rief er.

Aus dem Taxi kletterte eine kleine Frau mit verstruwwelten Haaren. Sie zerrte einen ziemlich dreckigen Reiserucksack vom Rücksitz und hob eine große, graue Transportbox aus dem Kofferraum. Dann reichte sie dem Fahrer das Geld, und das Taxi brauste davon. Die kleine Frau stand zwischen ihren Sachen und guckte unsicher zu uns rüber. Elli, die gerade neben mir am Grill gestanden und Bratwüste gewendet hatte, starrte sie entgeistert an. Dann rannten sie und die Frau fast gleichzeitig los und fielen sich in die Arme.

„Mama!“, schrie Elli. Aber da wäre ich notfalls auch von alleine draufgekommen.

Frrk und Zmrrx schleimten neugierig neben mich. „Das Wort ‚Mama' bezeichnet laut meines Übersetzungsprogramms den Erzeuger eines menschlichen Wesens", stellte Zmrrx fest.

„Genau genommen, lieber Zmrrx", blubberte Frrk, „handelt es sich dabei um die ErzeugerIN. Eine sogenannte *Mama* ist das weibliche Gegenstück zum *Papa*. Zur Entstehung eines Menschen sind beide gleichermaßen notwendig. Ich sagte dir ja schon: Die Biologie hier auf der Erde ist äußerst unübersichtlich und kompliziert."

Ich grinste. „Das findet ihr kompliziert? Was sagt ihr dann erst dazu: Elli wird in Zukunft wahrscheinlich zwei Mamas haben."

Die insgesamt zwölf Augen von Frrk und Zmrrx schielten verwirrt zu Elli rüber. „Elli hat einen Vater und ZWEI Mütter? Also, meiner Kenntnis nach ist das vollkommen unmöglich", sagte Frrk.

Lilly, die herbeigestapft kam, um zu sehen, wo ihre Tanzpartner abgeblieben waren, schnaubte und warf den Kopf in den Nacken. „Das ist ÜBERHAUPT NICHT unmöglich, du Dummi! In meiner Vorschulklasse gehen JEDE MENGE Kinder mit zwei Papas und zwei Mamas. Die einen haben die Kinder gemacht und die anderen kümmern sich drum. Ist doch babyeinfach!"

Es dauerte eine Weile, bis ich Elli wieder zu Gesicht kriegte. Klar, sie hatte natürlich wahnsinnig viel mit ihrer Mutter zu besprechen. Schließlich hatten die beiden in den letzten zwei Jahren, die ihre Mutter in Australien verbracht hatte, bloß miteinander telefoniert und geskypt. Irgendwann abends kam Elli aber doch und zeigte mir, was in der grauen Box drin gewesen war.

„Wow, 'ne Bartagame!", staunte ich. „Hat deine Mutter die aus Australien mitgebracht?"

Elli nickte strahlend. „Ja, die ist ein Geschenk für mich – und für Griselda! Es ist ein Männchen. Sobald Griselda wieder aufgewacht ist, können die beiden eine Familie gründen." Sie streichelte zärtlich über die graubraune Schuppenhaut ihres neuen Haustiers. Der Echse schien das zu gefallen, jedenfalls hielt sie still und krallte sich noch ein bisschen fester in Ellis Schlabberpulli.

„Wie soll er denn heißen?", fragte ich. Ellis Augen leuchteten auf. „Katharina und ich haben neulich zusammen diesen Film gesehen, *Guardians of the Galaxy*. Ich nenne ihn Drax, wie dieser coole blaue Typ!"

Na toll, dachte ich. Dank der DVD-Sammlung der Schlüter würde Elli sich bald auch noch mit Actionkrachern besser auskennen als ich. Andererseits fand ich es ganz gut, dass sie mal was anderes machte, als immer nur zu lesen. Über Superhelden Bescheid wissen ist schließlich auch Bildung.

Es war spät geworden. Frrk und Zmrrx verabschiedeten sich nach und nach von allen Gästen, und wir begleiteten die beiden hinüber zur Weide, wo sie ihre Raumschiffe startklar machten. Als Zmrrx den Gammakompensator anwarf und sein Ei zu sirren anfing, gingen die Kühe in Deckung.

Frrk verpasste mir eine seiner berüchtigten Glibberumarmungen. „Jetzt müssen wir uns schon wieder verabschieden. Mann, das nervt", murmelte ich und bekam wieder dieses komische enge Gefühl im Hals.

„Keine Sorge, wir bleiben in Funkverbindung", tröstete mich Frrk. „Ich habe Katharina Schlüter die Kontaktdaten meines Raumschiffcomputers gegeben. Es dauert leider ein bisschen, bis die Nachrichten ankommen."

Ich schniefte leise. „Okay. Elli und ich melden uns, sobald Griselda wach wird und aufs Töpfchen geht. Wenn der Matsch auf die Art wieder auftaucht, kriegst du zu Hause vielleicht nicht ganz so viel Ärger."

Frrk nickte. „Mach dir keine Sorgen, Tom. Zmrrx und ich werden gemeinsam mit der Situation fertigwerden."

Dann verabschiedete ich mich auch von Zmrrx, und Frrk glitt ebenfalls in sein Raumschiff. Danach ging alles ganz schnell. Wie rückwärts fliegende Sternschnuppen sausten die beiden Flugeier in den Abendhimmel und tauchten unseren Hof für wenige Sekunden in gleißendes Licht. Dann waren sie verschwunden.

Elli, ich, unsere Eltern und alle Gäste starrten in die Sterne. „Wow“, machte mein Vater. „Irgendwie beneide ich Sie ja, Herr Kaper, dass Sie da mal mitfliegen durften ...“

„Denk nicht mal dran. Nächste Woche ist Traktorenmesse in Kleinschweinsdorf, und du hast versprochen, dass DU die Kinder nimmst“, murmelte Mama.

In diesem Moment klingelte Ellis Handy. Sie zog es aus der Hosentasche und guckte aufs Display. „Das ist Ulf aus dem Labor“, sagte sie und ging ran. „He, wo steckst du? Du hast gerade den Abflug von unseren Tmllpern verpasst.“ Sie schwieg einen Augenblick, und Ulfs Stimme drang gedämpft aus dem Lautsprecher an ihrem Ohr. Es klang, als wäre er ziemlich aufgeregt.

„Griselda ist aufgewacht und hat ... WAS?! Aber das kann so ein kleines Tier doch unmöglich schaffen ...“, rief Elli. Dann schwieg und lauschte sie wieder, wobei ihre Augen jede Sekunde ein bisschen größer wurde. „Okay, wir kommen sofort“, sagte sie dann.

Sie drückte den Ausknopf, pflückte sich Drax vom Pullover

und drückte ihn ihrer Mutter in die Hand, die genauso verwirrt aussah wie wir anderen. „Kannst du dich mal kurz um ihn kümmern, Mama? Tom und ich müssen dringend ins Labor. Katharina, du solltest wohl auch mitkommen." Sie stapfte an uns vorbei in die Richtung, wo die Schlüter ihr Auto abgestellt hatte. „'Tschuldigung, Leute. Ich versuch, spätestens um zehn wieder zu Hause zu sein", rief ich meinen verdutzten Eltern zu und rannte hinter ihr her.

„Was zum Geier ist passiert? Ist der Supermatsch wieder aufgetaucht?", fragte ich, als ich Elli eingeholt hatte. „Das nicht", antwortete sie knapp. „Aber dafür ist Griselda wieder wach. Sie hat sich bloß, ähm, ein bisschen verändert. Na ja, nicht bloß ein bisschen, falls Ulf nicht übertrieben hat. Muss an der Überdosis Alienmatsch liegen ..."

„Verändert?", keuchte ich. „Was soll das heißen?"

Hinter uns stürmte die Schlüter heran. „Und ich dachte, jetzt, wo die beiden Außerirdischen weg sind, könnten Roland und ich endlich zusammen Urlaub machen ..."

Elli riss die Hintertür des Schlüter-Autos auf und ließ sich auf den Rücksitz fallen. „Daraus wird wohl erst mal nichts. Ich schätze, wir haben ein Riesenproblem."

Ich schob mich neben sie und entwarf in meinem Kopf schon mal den Funkspruch an Frrk. „Supermatsch verursacht Chaos im EZA-Labor … Brauchen DRINGEND Gegenmittel … Erbitten SCHNELLSTMÖGLICHE Rückkehr … MfG Tom und Elli“.

Was immer mit Griselda passiert war, mit Frrks Hilfe würden wir den Schlamassel schon wieder in den Griff kriegen – auch, wenn es garantiert wieder hammeranstrengend, saukompliziert und mordsgefährlich werden würde. Und irgendwie freute ich mich schon darauf.

Echsen-Alarm!

Wie geht es weiter mit Tom, Elli und Frrk?

Im nächsten Band müssen sich Tom und Elli mit einem Riesenproblem herumschlagen: Nachdem Bartagame Griselda eine Portion Matsch vom Planeten Tmllp verschluckt hat, macht sie beunruhigende Veränderungen durch …

„Griselda lag völlig bewegungslos im Terrarium, genau wie in den Tagen davor“, erzählte uns Ulf. „Nicht mal ihre Schwanzspitze hat gezuckt! Und dann, als ich mich über sie beugte, um mit dem Stethoskop ihren Herzschlag zu checken, sprang sie plötzlich auf und schleuderte einen Blitz auf mich – es sah aus, als würde er aus ihrem Maul schießen. Es schüttelte mich, die Haare standen mir zu Berge! Als nächstes hat sie einen Riesensatz gemacht, ist aus dem Terrarium gesprungen und weggeflitzt. Ich habe natürlich versucht, sie wieder einzufangen, aber ihr werdet es nicht glauben: Sie hat sich auf die Hinterbeine gestellt, mit den Vorderklauen einen der Arbeitstische umgeschmissen und mir damit den Weg abgeschnitten.“

„Das ist wirklich erstaunlich – und sehr beunruhigend“, murmelte die Schlüter, die sofort nach Ulfs panischem Anruf mit Elli und mir zur EZA gefahren war. „Kaum zu fassen, dass so ein kleines Tierchen einen kiloschweren Tisch umwerfen kann."

„Genau, das geht doch eigentlich gar nicht", pflichtete Elli ihr bei. „Drax wäre so eine Aktion schon eher zuzutrauen, so groß und stark wie er ist. Aber Griselda ist ziemlich zierlich für eine erwachsene Bartagame. Gerade mal 39 Zentimeter lang!"

Ulf schüttelte energisch den Kopf. „Ich gebe zu, es klingt verrückt. Aber ich habe es mit eigenen Augen gesehen."

Katharina Schlüter machte ein besorgtes Gesicht. „Na gut, stellen wir uns den Tatsachen: Offenbar hat dieser Alien-Matsch bei Griselda viel schwerwiegendere Veränderungen hervorgerufen, als wir anfangs dachten. Verdammt, ich hätte es wissen müssen! Jedenfalls müssen wir sie dringend finden. Und nach allem, was Ulf erzählt hat, sollten wir dabei äußerst vorsichtig sein."

Als Griselda dann auch noch enorm zu wachsen beginnt, ist das Chaos perfekt. Klar, dass Frrk sofort die Rückreise zum Planeten Erde antritt, um die Menschheit vor der mutierten Riesenechse zu beschützen.

FRRK!

Der dritte Band erscheint im Herbst 2021!

Bei diesem Buch wurden die durch das verwendete Material und die Produktion entstandenen CO_2-Emissionen ausgeglichen, indem der cbj Verlag ein Projekt zur Aufforstung in Brasilien unterstützt.
Weitere Informationen zu dem Projekt unter:
www.ClimatePartner.com/14044-1912-1001

FSC www.fsc.org MIX Papier aus verantwortungsvollen Quellen FSC® C014496

Wir produzieren Klimaneutral ClimatePartner.com/14044-1912-1001 Druckprodukt

Penguin Random House
Verlagsgruppe FSC® N001967

1. Auflage 2021

Dieses Werk wurde vermittelt durch die
Literarische Agentur Thomas Schlück GmbH, 30161 Hannover
Umschlagkonzeption und -illustration: Zapf
Umschlagfertigstellung: Geviert
CK · Herstellung: BO
Satz und Reproduktion: Uhl + Massopust, Aalen
Druck: GGP Media GmbH, Pößneck
ISBN 978-3-570-17745-7
Printed in Germany

www.cbj-verlag.de
Dieses Buch ist auch als E-Book erhältlich.

Nicole Röndigs, geboren 1975 in Stade, ist Autorin und Journalistin und lebt mit ihrem Mann und ihren zwei Söhnen in Hamburg. Seit vielen Jahren schreibt sie Artikel und Geschichten für Kinder, unter anderem für das Magazin GEOlino und die RBB-Radiosendung „Ohrenbär“.

Falk „Zapf“ Holzapfel wohnt, lebt und zeichnet in Wien. Dabei sehen ihm Schweißdrachen, Roboter, hungrige Stachelschweine und all die anderen Gestalten, die er in den letzten zehn Jahren gezeichnet hat, über die Schulter.